FEITIÇO

Sarah Pinborough

Feitiço

Tradução de
Edmundo Barreiros

Única editora

GERENTE EDITORIAL
Mariana Rolier

EDITORA
Marília Chaves

EDITORA DE PRODUÇÃO EDITORIAL
Rosângela de Araujo Pinheiro Barbosa

CONTROLE DE PRODUÇÃO
Fábio Esteves

TRADUÇÃO
Edmundo Barreiros

PREPARAÇÃO
Entrelinhas Editorial

PROJETO GRÁFICO E DIAGRAMAÇÃO
Esper Leon | Nhambikwara Editoração

REVISÃO
Sirlene Prignolato

IMAGENS DE MIOLO
iStockphoto

CAPA
Eduardo Camargo

IMAGENS DE CAPA
Margarita Kareva | Sylwia Makris

IMPRESSÃO
Prol Gráfica

Única é um selo da Editora Gente

Título original: *Charm*

Primeira edição by Gollancz, Londres

Rua Pedro Soares de Almeida, 114
São Paulo, SP - CEP 05029-030
Telefone: (11) 3670-2500
Site: http://www.editoragente.com.br
E-mail: gente@editoragente.com.br

Dados Internacionais de Catalogação na Publicação (CIP)
(Câmara Brasileira do Livro, SP, Brasil)

Pinborough, Sarah
Feitiço: saga encantadas, livro 2 / Sarah Pinborough; tradução de Edmundo Barreiros. – São Paulo: Única Editora, 2013. 4ª tiragem.

Título original: Charm
ISBN 978-85-67028-05-7

1. Ficção inglesa I. Título.

13-10853 CDD-823

Índice para catálogo sistemático:
1. Ficção: Literatura inglesa 823

Para Phyllis, Di e Lindy

CAPÍTULO 1

Era uma vez...

O inverno tinha chegado cedo. Seu hálito causticante arrancou as folhas das árvores antes mesmo que tivessem ficado secas e douradas, e, mesmo a um mês do ano-novo, a cidade já estava coberta de branco havia várias semanas. O gelo acumulado nas janelas cintilava, e o chão congelado, especialmente no início do amanhecer, se tornava completamente escorregadio. Só nos dias em que o céu ficava limpo e azul, em momentos de trégua do cinza que pairava como uma mortalha sobre o reino, era possível ver o pico do Monte Ermo. Contudo, na verdade, ninguém o procurava até a primavera. O inverno tinha chegado, e sua força manteria as pessoas de cabeça baixa até que o gelo derretesse. Não era a estação ideal para aventuras ou explorações.

Como acontecia em todos os reinos, a floresta ficava entre a cidade e a montanha. A mata era um mar de branco sob uma cobertura de neve. E, logo após os primeiros esqueletos sôfregos das árvores emaciadas pelo frio de seus limites, ela se tornava uma floresta escura. De vez em quando, em noites silenciosas, era possível ouvir os uivos dos lobos de inverno chamando uns aos outros em suas caçadas.

O homem mantinha a cabeça baixa e o cachecol por cima do nariz enquanto ia de poste em poste pregando as folhas de papel na madeira fria. Tinha sido uma noite especialmente gelada e, mesmo perto da hora do desjejum, o céu ainda estava escuro como à meia-noite. Seu hálito saía tão cristalino dos pulmões que ele quase podia acreditar que era poeira de fadas. Ia apressado de um poste de iluminação ao seguinte, ansioso para terminar logo, voltar para casa e ficar diante da lareira quente.

Ele parou no fim daquela rua cheia de casas e tirou uma folha de papel do monte, agora piedosamente pequeno, que levava embaixo do braço e começou a pregá-la no poste. Para saber o que dizia nessas folhas, os moradores mandariam suas criadas – pois, apesar de essas casas não serem suntuosas como as mais próximas ao castelo, ainda eram de uma classe média respeitável, onde vivia o coração da cidade, os mercadores e negociantes que mantinham o populacho empregado e vivo – para saber as últimas notícias sobre as pessoas comuns. Elas seriam discutidas depois que os arautos do reino passassem anunciando as notícias da corte.

Embora com luvas de lã, depois de duas horas no frio, a extremidade dos dedos estava vermelha, esfolada e pouco sensível, uma vez que havia cortado os dedos das luvas para não perder a habilidade com as mãos. Segurou um prego, pegou o martelo pequeno no bolso, mas o deixou cair no chão. Praguejou, murmurando baixinho as palavras, e se debruçou para a frente a fim de pegá-lo, o que lhe fez as costas estalarem.

— Eu apanho para você.

Ele se virou, assustado, e viu um homem ali parado com um casaco carmesim surrado. Ele carregava uma mochila pesada nas costas, e suas botas estavam enlameadas e gastas. Não usava cachecol, tampouco parecia muito incomodado com o frio que consumia a cidade e lhe havia provocado feridas no rosto. Quando o estranho se agachou, a ponta de um fuso perfurou a bolsa pesada às costas, deixando sua extremidade exposta.

— Obrigado.

O estranho observou enquanto pregava o papel, e seus olhos examinaram a informação que havia ali.

Criança desaparecida.
Lila, a filha do moleiro.
Dez anos. Cabelos louros. Vestido xadrez.
Vista pela última vez há dois dias quando saiu para buscar lenha na floresta.

— Isso acontece muito? — A voz do estranho era suave, bem mais do que se poderia esperar de sua aparência endurecida.

— Acho que mais do que devia. — Ele não queria falar muito. Segredos de uma cidade deviam permanecer guardados. Ele deu uma fungada. — É fácil para uma criança se perder na floresta.

— É fácil para uma floresta fazer uma criança se perder — retrucou com delicadeza o estranho. — A floresta se move quando quer, nunca percebeu? E pode fazê-lo desviar para uma direção diferente e dirigi-lo para onde ela quiser.

O homem se virou para olhar de novo o estranho, dessa vez com mais atenção. A sabedoria em seus ossos velhos lhe dizia que havia segredos e histórias guardados naquele tecelão, talvez algo que nunca devesse ser contado, pois depois que se conta uma história não é possível voltar atrás.

— Se foi um homem quem fez isso, vai pegar a Estrada dos Trolls quando o apanharem, com certeza.

— Estrada dos Trolls? — Os olhos do estranho se estreitaram. — Não parece um bom lugar.

— Vamos torcer para que nenhum de nós tenha de descobrir.

A farpa de desconfiança na voz do homem deve ter ficado clara, porque o estranho sorriu. Tinha dentes muito brancos, indicando uma vida que já havia sido muito melhor do que a atual, e seus olhos se enterneceram.

— Não vi nenhuma criança na floresta — disse ele. — Se tivesse visto, eu a teria mandado para casa.

— Veio de muito longe? — perguntou o homem enquanto tornava a guardar o martelo no bolso.

— Estou só de passagem.

Não era a resposta à pergunta, mas pareceu suficiente, e os dois homens se despediram com acenos de cabeça. Cansado como estava, e com o nariz começando a escorrer de novo, ele observou o estranho caminhar pela rua com seu fuso nas costas. O estranho não olhou para trás e continuou a caminhar com passo regular e firme como se estivesse em uma tarde quente de verão. O homem o observou até virar uma esquina e desaparecer, depois estremeceu. Enquanto ficou parado, o frio penetrou por baixo de suas roupas como um espírito e abriu caminho até os ossos. De repente, sentiu-se exausto. Era hora de ir para casa.

Ao seu redor, as casas aos poucos ganhavam vida. As cortinas se abriam como pálpebras sonolentas, e aqui e ali algumas chamas tremeluziam, principalmente nos andares de baixo onde se preparavam o fogo e os desjejuns de mingau de aveia. Como se tivesse recebido uma deixa, a tranca de uma porta foi destravada, e uma garota magra envolta em um casaco saiu correndo por ela e se agachou ao lado da caixa de carvão segurando um balde nas mãos. Mesmo com pouca luz, ele podia ver que os cabelos compridos dela eram de um ruivo lindo; suas madeixas pareciam ter capturado todos os tons das folhas de outono e dos crepúsculos.

O metal fez um ruído alto quando ela pegou os últimos carvões do fundo, e com a pazinha tentava pegar os menores pedacinhos quebrados que podiam estar escondidos nos cantos do recipiente. O que havia no balde mal dava para acender um fogo, e não dos grandes, notou o homem. A menina logo teria de ir até a floresta buscar lenha, com crianças desaparecidas ou não.

Quando ficou de pé, os olhos dos dois se cruzaram rapidamente e ela lhe deu um meio sorriso em resposta à saudação dele com uma puxadela na boina. Ele se virou e seguiu seu caminho. Ainda tinha cinco avisos para pregar e o sorriso de uma garota bonita só ia aquecê-lo durante parte da tarefa.

Cinderela estava de volta em casa e limpava as cinzas da lareira da sala de jantar quando Rose desceu em seu vestido comprido e grosso, com as mãos enfiadas bem fundo nos bolsos. Cinderela estava vestida, mas ainda não tinha tirado o casaco. A casa não estava muito mais quente do que lá fora, e, se eles não começassem logo a acender lareiras e fogões em mais de um aposento, ela ia passar o início da manhã tirando gelo da superfície do leite, e o resto dela lavando tigelas, além de fazer todas as outras tarefas que lhe haviam passado nos últimos meses, desde o namoro e o casamento de Ivy.

— Está ficando mais frio — disse Rose. Cinderela não respondeu enquanto a irmã – na verdade, filha de sua madrasta – abria as persianas e acendia o lampião na parede, deixando a chama tão baixa, para poupar óleo, que mal dispersava a escuridão.

— Então, quais são as novidades?

— O que quer dizer com isso? — Cinderela finalmente ergueu os olhos. Seus baldes de cinzas estavam cheios.

— Eu a vi lendo as notícias desta manhã — disse Rose, gesticulando com a cabeça na direção do poste de madeira com a folha de papel pregada nele, a qual se agitava como um peixe fisgado no mar do vento forte do inverno.

— Outra criança desaparecida. Uma garotinha. — Ela se levantou e tirou a poeira do casaco. O fogo novo na lareira ainda precisava ser preparado e aceso, mas ela se esquecera de trazer gravetos da cozinha. Antes, queria ficar cinco minutos sentada ao lado do fogão e se esquentar.

— Alguma coisa precisa ser feita com o que quer que tenha nessa floresta — murmurou Rose. — As crianças não podem continuar sumindo assim. E a floresta é o sangue que dá vida à cidade. Quanto mais medo as pessoas tiverem de entrar nela, mais fraco fica o reino.

— Podem ser só lobos de inverno.

— Uma praga repentina deles? — O sarcasmo de Rose estava claro no tom de voz e no olhar rápido que lançou na direção de Cinderela. — Não são lobos. Eles podem ser cruéis e violentos, mas não assim. E, sem querer ser indelicada, se fossem lobos, pelo menos seriam encontrados alguns restos. Essas crianças estão desaparecendo completamente.

— Talvez elas apareçam. — Cinderela já estava bem cansada sem ter de ouvir mais um dos discursos inflamados de Rose. Já tinha posto o mingau de aveia no fogo, o pão fermentado no forno e, depois do desjejum, ainda teria de descascar as batatas e os legumes antes mesmo de conseguir se lavar.

— Mas não vão mesmo! Por isso vamos ter uma geração inteira que vai crescer com medo de ir à floresta, e uma sociedade ainda mais marcada pela desconfiança. Se o rei não agir logo, vai perder o amor do povo. Ele precisa manter soldados ou guardas nos limites da floresta. No mínimo isso.

Linhas tensas se formaram em torno da boca e entre os olhos de Rose, e para Cinderela elas lhe faziam parecer ter mais de 25 anos. Os cabelos de Rose eram finos e escorridos, o tipo de cabelo que não mantinha um cacho ou uma ondulação por muito tempo, não importava quanto fixador ela aplicasse ou por quanto tempo ficasse com rolinhos na cabeça. Seus traços eram bem normais e neles não havia nada notadamente especial. Ela era, para dizer a verdade, uma garota sem graça. Rose e sua irmã, Ivy, nunca foram bonitas. Elas podiam ter dinheiro, mas quem tinha a beleza era Cinderela.

— O desjejum fica pronto em um minuto. — Ela enfiou uma madeixa volumosa atrás da orelha e pegou o balde de cinzas. — Assim que eu limpar isto.

— Por mim, eu ajudava — disse Rose. — Mas mamãe diz que tenho de manter as mãos macias.

— Vai ser preciso mais do que mãos macias para você arranjar um casamento — murmurou baixinho Cinderela a caminho da porta.

— O que você falou?

— Um rato! — O grito foi tão alto e inesperado que Cinderela, que estava com os braços doendo, deu um pulo e deixou cair o balde de cinzas, principalmente em cima do próprio casaco. — Tem um camundongo ali! — Sua madrasta gritou de novo, surgindo na porta com o rosto pálido e os cabelos ainda com rolinhos e presos com firmeza sob uma rede desde a noite anterior. — Ele desceu para a cozinha! Não pode ter rato nesta casa. Não aqui. Não agora. Não com Ivy chegando!

— O que está acontecendo aqui hoje? — Ela olhou aborrecida para a nuvem de cinza que estava assentando sobre o chão e as superfícies de seu orgulho e alegria: sua sala de jantar. — Ah, Cinderela, não temos tempo para isso. Limpe tudo logo. Quero este lugar impecável antes das nove. — Ela se virou para ir embora, mas se deteve. — Não, quero este lugar impecável antes das oito. E, Rose, quando terminar o desjejum, é hora de seu tratamento facial e manicure. Uma menina vem aqui às 9h30. Foi muito recomendada.

Cinderela baixou os olhos para as mãos maltratadas.

— Uma manicure não ia cair mal.

— Não seja ridícula — repreendeu-a a madrasta. — Para que você precisa disso? Rose é filha de um conde. As pessoas estão começando a se lembrar disso. E, de qualquer modo, manicures são caras, só podemos pagar para que ela faça as unhas de uma pessoa. Agora vamos, quero tudo perfeito para Ivy e o visconde. — Ela saiu da sala, esquecendo-se completamente do rato e das cinzas, e Rose a seguiu, deixando Cinderela parada de pé no meio de um monte de poeira cinzenta. Pelo menos, estava vivendo de acordo com seu nome, pensou quando tornou a se ajoelhar e pegou uma escova e uma tina.

Ivy e seu visconde chegaram pouco depois do meio-dia em uma carruagem maravilhosa conduzida por dois cavalos cinza perfeitamente iguais. Da janela, Cinderela observou a madrasta sair correndo para recebê-los, permanecendo talvez tempo demais no clima congelante só para garantir que todos os vizinhos vissem a elegante estola de inverno de pele de lobo e o azul lindo do vestido de sua filha. Cinderela achou que poderia matar por um vestido como aquele, ou mesmo por uma única volta naquela bela carruagem. Ela podia matar, mas não tinha certeza se conseguiria beijar o visconde para conseguir nada isso.

Ela viu Ivy tomar o novo marido pelo braço e caminhar na direção da casa. Seu rosto pálido estava cheio de ruge, e os lábios, pintados de rosa. Até os cabelos, quase tão finos quanto os de Rose, tinham ganhado um pouco de corpo e volume. O dinheiro a estava deixando mais bela, isso era certo, mas não havia luxo suficiente para transformá-la em uma mulher bonita. Cinderela sentiu um aperto de inveja no estômago. Tudo aquilo em Ivy era um desperdício.

O visconde era um homem jovem e nervoso de uns 30 anos, cuja face direita exibia um tique infeliz e os ombros se curvavam um pouco, como se não quisesse ser notado. Ele conheceu Ivy quando a viu passar correndo em frente a sua carruagem atrás de uma nota de dinheiro soprada pelo vento. Quando ele a alcançou, recuperou a nota e a levou para casa, de algum modo eles encontraram algo de que gostavam um no outro. E ali estavam, dois meses depois, já casados.

Cinderela o observava sentado em silêncio e sorrindo quando a mulher falava, não muito diferente de seu pai, que durante quase todo o tempo agia do mesmo modo. No entanto, o visconde deve amar Ivy, pensou ela, do contrário como conseguiria ficar ali sentado e fingir que aquele jantar com uma peça pequena de carne assada era de algum modo satisfatório em comparação aos banquetes deliciosos que devia ter em casa todos os dias? Não havia nem uma criada para servi-los. Além de Cinderela, é claro. E, apesar do fogo, a sala ainda estava um pouco fria. Ela cortou sua fatia fina de carne e a comeu lentamente, como seu pai e a madrasta estavam fazendo, para tentar evitar que o visconde percebesse como as porções deles eram bem menores que as suas e as de Ivy. Até aquele momento, estava funcionando. Ele parecia absolutamente contente, mas era difícil saber, pois Ivy dominava a conversa.

— Há tantos bailes de inverno vindo por aí, mamãe — disse ela com os olhos cinza vivos de felicidade e excitação. — Você nunca viu nada igual.

— Ah, mas eu vi, querida — retrucou a mãe. — Eu me lembro do meu baile de debutante. Fui a muitos bailes quando era moça. — Ela sorriu para o visconde. — Eu era muito bonita naquela época, sabia?

— E era mesmo, querida. — O pai de Cinderela finalmente entrou na conversa. — Quando a conheci, você era de tirar o fôlego.

O elogio lhe valeu um olhar penetrante da mulher, e Cinderela sabia o motivo. Não queria que o visconde se lembrasse de que ela caíra em desgraça, não quando estava tão perto de voltar a frequentar a corte após todos aqueles anos. O visconde sorriu de qualquer jeito, e Cinderela percebeu que o tique em seu rosto havia se acalmado na companhia deles. Ela não conseguia entender por quê, uma vez que aquela casa pequena devia ser muito diferente do luxo a que estava acostumado.

— Enfim, amanhã à noite tem um baile no castelo. — Ivy olhou para o marido e sorriu. — E George e eu queríamos saber se você e Rose gostariam de ir conosco.

Foi uma comoção à mesa. A madrasta de Cinderela ficou de pé e pôs a mão sobre a boca, mesmo assim o grito agudo que emitiu foi alto o bastante para colocar em risco suas taças de vinho. Ivy sorria e ria, e até o visconde corou um pouco. Rose ficou em seu lugar com a boca entreaberta, e em poucos segundos todos estavam tagarelando, um falatório de conversas e planos entusiasmados.

Cinderela retirou os pratos. Ninguém mais ia comer depois daquele anúncio, e Cinderela jamais iria a um baile.

CAPÍTULO 2

Esse sujeitinho é mesmo uma figura

Depois que Ivy e o visconde saíram, Cinderela se recolheu à cozinha e foi lavar a louça. Daquela vez, ao menos, ela não estava ligando muito por ficar sozinha lá embaixo. A madrasta estava excitada demais, e ela não conseguia aguentar isso. Tinham chamado modistas e raspado até a última moeda da família para tentar comprar vestidos de baile para Rose e sua mãe. Não ia haver carvão em um futuro próximo, mesmo se seu pai vendesse mais alguns artigos e jornais ou conseguisse serviços de guarda-livros enquanto escrevia seu romance interminável. Alguém teria de ir à floresta buscar lenha, e esse alguém sem dúvida seria ela, que estremeceu de leve ao pensar nisso. A mata não era o lugar mais seguro do mundo para andar sozinha.

A cozinha, que ficava no porão, pelo menos era mais quente que o resto da casa. E era silenciosa. Se ouvisse a voz aguda da madrasta mais uma vez elogiando as alegrias da vida na corte, ela tinha certeza de que ia começar a gritar. Todos os seus gritos de "Mas e eu?" haviam sido ignorados ou dispensados, como se a ideia de sua presença em um baile da corte fosse uma sugestão tão ridícula que nem valesse a pena ser ouvida. Cinderela lavou o último prato e guardou a porcelana fina com cuidado no armário onde acumularia poeira até que Ivy e o marido viessem visitá-los de novo, e então começou a varrer o chão. Não estava com pressa. Naquele dia estava feliz por ter suas tarefas.

Houve uma batida leve à porta dos fundos — três toques curtos e então uma pausa antes de outro —, e o estado de espírito de Cinderela ficou ainda melhor. Ela puxou as trancas e a abriu, ainda sorrindo apesar da lufada de frio que entrou e ameaçou o pouco calor que o local conseguia preservar.

— Buttons!

— Boa noite, princesa. – Ele gesticulou com a cabeça para um saco marrom a seus pés. — Quer que eu ponha direto no depósito de carvão quando for embora?

— Você trouxe carvão?

— Ninguém vai sentir falta. Eles têm mais do que precisam. — Ele lhe sorriu, com os olhos escuros cintilando na noite.

— E nós não íamos querer ver seu nariz lindo ferido pelo gelo, íamos? Por falar em queimaduras de gelo, você vai me deixar entrar?

Ela o fez entrar e fechou a porta enquanto ele puxou outra cadeira para perto do fogão e se sentou.

— Ô, inverno desgraçado! — Ele tremeu.

— Você não precisava ter me trazido nada. — Cinderela remexeu nos armários, pôs pão e queijo em um prato e serviu a ele um copo do vinho de mesa de seu pai. — Você é muito bom para mim.

— O carvão não é meu, princesa. Nem aquele meio presunto que acabei de deixar na casa da Vovó Parker era meu, por isso não se preocupe. — Ele piscou para ela. — Mas gosto mais de trazer coisas para você.

Cinderela corou e se sentou, feliz por lhe proporcionar um momento ou dois de silêncio enquanto comia. Às vezes parecia que Buttons era seu único amigo de verdade no mundo, e ela nem sabia o nome verdadeiro dele. Ela o chamava assim porque o conheceu quando Buttons lhe levou dois botões de pérola para um vestido seu que rasgara, e aí o apelido pegou. Provavelmente, ele tinha nomes de agradecimento em casas por toda a cidade. O inverno tornava as coisas difíceis, mas Buttons as deixava melhores.

Ele não podia ter mais de 20 e poucos anos, pensou ela. Magro e ossudo com cabelos negros e fartos, seus olhos pareciam sempre maliciosos, mas que coração ele tinha! E era caidinho por ela, que sabia disso, mas nunca o estimulou, por mais extraordinário que fosse. Ela queria mais da vida. Queria o que

Ivy tinha, mas com um homem alto e bonito. Ela desejava tanto isso, que chegava a doer.

— Espero que tenha cuidado — disse ela. — Se for apanhado, bem... — Ela não precisou terminar a frase. Os dois sabiam quais seriam as consequências.

Buttons era um ladrão. Também era garoto de recados no castelo e passava grande parte do tempo levando mensagens para as casas mais importantes ou fazendo pequenos serviços no próprio castelo. Essa atividade alimentava a primeira, e Buttons era especialista em furtar pequenos itens de valor pelos quais ninguém daria falta, e eles ou seriam vendidos, e o dinheiro doado às pessoas, ou doados diretamente a alguém.

— Roubo dos ricos e dou aos pobres — contou Buttons a ela uma vez. — É a única maneira de ser um ladrão feliz. E a maioria tem tão pouco, e tão pouca gente tem tanta coisa! Não é justo.

Buttons tornava o inverno deles mais fácil, mesmo que a família dela não percebesse. Por que perceberiam? Era Cinderela que fazia o trabalho diário de cuidar da casa, e nem mesmo a madrasta havia notado que eles não tinham dinheiro suficiente para a comida que aparecia em sua mesa. Contudo, na verdade, a madrasta nunca tinha entendido nada de dinheiro — não até eles ficarem sem ele, pelo menos. Ela nascera na riqueza e tinha se casado na riqueza, e só quando fugiu com o pai de Cinderela teve de aprender o custo das coisas. Parecia ser um aprendizado muito demorado.

— Ah, aí está você! — sorriu Buttons quando um narizinho marrom surgiu de uma fenda quentinha entre o forno e o piso. Ele pegou um pedaço de queijo e o estendeu para ele.

— Credo, um rato! — Cinderela puxou rapidamente os pés para cima da cadeira. — Deve ter sido ele que criou toda a confusão hoje de manhã.

— Mas esse sujeitinho aqui é mesmo uma figura — disse Buttons enquanto o ratinho correu cheio de confiança até ele e se sentou nas patinhas traseiras para pegar o pedaço de queijo cheddar que lhe ofereciam. — Ele está em todo lugar a que vou. Bem, estava até a semana passada. Deve ter me seguido até aqui e resolveu ficar. — O camundongo não saiu correndo de volta para seu esconderijo como Cinderela esperava, mas ficou onde estava, sentadinho no chão enquanto roía satisfeito.— Eu não o culpo — disse Buttons. — Ele é um camundongo de bom gosto.

— Provavelmente nem é o mesmo ratinho. Camundongos não saem por aí seguindo pessoas — sorriu ela. Às vezes era bem difícil saber se Buttons estava ou não de brincadeira.

— Ah, é ele. Veja, ele tem uma cicatriz pequena nas costas. Viu? — Ele piscou para ela. — O mesmo ratinho.

— Bem, não posso me responsabilizar pela segurança dele se minha madrasta encontrá-lo. — Cinderela lentamente desceu os pés de volta para o chão. Se era o camundongo de Buttons, então ela de algum modo sentia menos medo. E na verdade era bem fofo o jeito que estava sentado ali entre eles, roendo seu queijo feliz da vida.

— Acho que esse sujeitinho aí é um sobrevivente — disse Buttons. — Eu reconheço um sobrevivente quando vejo um.

— Soube que vai ter um baile no castelo amanhã à noite — disse de repente Cinderela. — As filhas da minha madrasta vão. Não é justo.

— É, vai ter mesmo. Acho que vem um monte de bailes por aí. Passei quase o dia todo levando cera para o piso e ajudando a encomendar a entrega dos vinhos e das comidas mais chiques.

— E o salão de baile? — perguntou Cinderela. — Os candelabros estão brilhando? Vai ter música?

— Você sabe isso tudo — sorriu ele com olhos pensativos. — Você sempre me pede para contar. Mas, sim, vai ser bem suntuoso. Corre um boato de que talvez o príncipe esteja chegando àquela idade em que quer encontrar uma esposa. Se fizer isso, vai lançar moda e todo jovem nobre vai querer se casar. Eles fazem tudo igualzinho ao príncipe.

— Ah, que maravilha — disse Cinderela tomando um gole do vinho de Buttons e se recostando na cadeira. — Imagine como deve ser o príncipe se apaixonar por você.... — A voz dela baixou para um tom mais grave, e Buttons ergueu uma sobrancelha. Ela sorriu para ele. Aquele não era um jogo novo, nem um jogo que jogavam sempre, mas ela precisava de uma válvula de escape, e Buttons era bom em fornecer isso.

— Podemos? — perguntou ela, que não precisou explicar. Ele lhe sorriu de leve, e ela sorriu de volta. Ela não analisava suas ações, nem sentia qualquer culpa por elas, apesar de que com certeza sua madrasta e seu pai ficariam furiosos se fossem apanhados. Não estavam fazendo nada demais. Era só uma brincadeira, e Cinderela não precisava ter vergonha de seu corpo.

— O que desejar, princesa — disse ele. — Para que servem os amigos?

Cinderela sorriu e fechou os olhos. Eles não estavam fazendo mal a ninguém. E eram amigos, afinal. Buttons começou a sussurrar ao seu ouvido, que logo se aqueceu, aquele ambiente triste e sem graça foi esquecido e ela foi transportada para o castelo, cheio de luz e calor e beleza enquanto casais dançavam em torno dela, e garçons circulavam com elegância entre eles com taças do champanhe mais chique. Ela girou de homem em homem bonito em um vestido verde-esmeralda com um colar para combinar no pescoço delgado. Nem os lacaios nas portas conseguiam tirar os olhos dela. Em sua fantasia, e era uma fantasia que tinha frequentemente, no fim da noite três homens teriam se apaixonado por ela, e então o próprio príncipe a levaria embora e se casaria com ela com mais pressa e urgência que o visconde com Ivy, e suas irmãs de criação iam ficar só olhando com inveja enquanto ela viveria feliz para sempre no castelo.

Buttons falava suavemente sobre bailes e romances. Enquanto ela imaginava o corpo do príncipe apertado contra o dela, a mão dele subiu por baixo de seu vestido e sua boca beijou o pescoço dela com suavidade. A respiração dela se acelerou quando ele por fim provocou a pele macia de suas coxas e seus dedos atingiram o alvo, provocando-a até ficar molhada antes de penetrá-la. Ela empurrou o corpo contra seus dedos e arfava enquanto ele contava a ela histórias de beleza e música até que, por fim, com a mente em um turbilhão de salões de bailes, o príncipe, música e amor, ela estremeceu contra o toque dele.

Ela deu um suspiro e permaneceu mais um pouco em sua fantasia antes de abrir os olhos e arrumar o vestido, deixando sua realidade infeliz reaparecer.

— É tão melhor com você do que sozinha — disse ela e deu um sorriso, debruçando-se para a frente e dando um beijo no rosto de Buttons.

— Você é bem estranha, Cinderela — o rosto de Buttons estava levemente corado. — Nao há muitas garotas como você.

— Tem muitas garotas piores que eu — respondeu ela. — É só um toque. Qual o problema? É gostoso. É natural.

— Não vou discutir com você — disse ele. — Você é cheia de contrastes. — Ele se serviu de mais vinho. — E é melhor que seja comigo que com outro. Sou seu amigo. Nunca vou machucar você.

— Você é tão estranho quanto eu — disse ela. Seu comentário não precisava de explicação, os dois sabiam o que ela queria dizer. Ela tinha tentado uma vez, na primeira vez que fizeram aquela brincadeira, tocá-lo. Não por nutrir qualquer paixão por ele, mas porque estava curiosa e queria que ele se sentisse tão bem quanto ela se sentia, mas ele a impediu. Disse que aquilo não era para ele.

— Isso pode muito bem ser verdade, princesa. — Ele piscou para ela. Pode muito bem ser verdade.

Ela voltou a pensar no castelo e em sua beleza e ficou com muita inveja de Buttons por passar o dia inteiro lá dentro.

— Deve ser maravilhoso — disse ela. — Tão mais maravilhoso que em minha imaginação... Eu daria qualquer coisa para fazer parte dessa vida. Qualquer coisa.

— Acho que é um modo maravilhoso de ver as coisas. — Buttons terminou de comer e botou o prato no chão. O ratinho correu até lá e começou a farejar em busca de migalhas. Cinderela anotou na cabeça que no dia seguinte de manhã devia dar aquele prato para Rose. Ela podia ficar doente e não conseguir ir ao baile. Era um pensamento mau, mas ela não conseguiu evitar.

— Claro, é lindo — continuou Buttons. — A beleza é fácil com dinheiro, e essas pessoas têm o melhor de tudo que existe. — Ele olhou para ela com atenção. — Mas a vida na corte não é só feita de danças, música e amor, Cinderela. As pessoas boas não se dão muito bem quando todos estão brigando pelo poder. Todo mundo usa uns aos outros para chegar a uma posição com acesso direto ao rei ou ao príncipe. É um lugar cheio de lobos disfarçados. Por que você acha que não sinto culpa em roubar da maioria daquela gente?

Cinderela não disse nada. Ela não ligava para essas coisas, e para ela isso não teria a mínima importância. Ela não tinha interesse por poder, só queria roupas bonitas, música e diversão. A vida tinha sido bem difícil nos últimos anos.

— Conte de novo sobre as carruagens — disse ela com avidez. — As de ouro e prata. A do rei e da rainha que nunca deixa os portões do castelo porque é incrustada com tantas joias que eles têm medo que as pessoas não consigam resistir e comecem a quebrá-la para arrancar um pedaço. Fale dela.

Ela sorriu para ele, e desta vez foi ele quem suspirou.

— Eles a guardam em um estábulo modificado atrás do castelo, sob vigilância permanente. À noite, ela reluz como se todas as estrelas do céu tivessem sido capturadas e espalhadas sobre sua superfície...

Cinderela fechou os olhos e deixou a mente viajar enquanto era levada pelas palavras familiares.

Buttons foi embora cerca de uma hora mais tarde e, na saída, jogou o carvão no depósito e levou o saco com ele para esconder em algum lugar no caminho de volta para o castelo. A noite tinha esfriado bastante, mas Cinderela subiu e saiu na rua só com seus sapatos gastos e um xale cobrindo os ombros e o observou desaparecer na neblina úmida que cobria as ruas como um cobertor.

Ela não percebeu o ratinho se esforçando valentemente para subir as escadas, com o pelo um pouco eriçado como se isso pudesse de algum modo protegê-lo do toque da noite congelante. Quando Cinderela voltou para a casa e passou as trancas com firmeza nas portas, ele chegou ao alto. Levantou nas patinhas de trás e farejou o ar, à procura da direção certa.

Desta vez ele não seguiu Buttons de volta ao castelo, mas virou para o outro lado e saiu correndo pela noite na direção da floresta. Estava satisfeito depois do queijo e dos farelos de pão. Tinha uma viagem longa a fazer naquela noite.

Cinderela fez o possível para se esconder durante quase todo o dia seguinte — chegou a sair para dar uma longa caminhada no frio cortante —, mas ainda assim foi obrigada a cobrir Rose de elogios por seu novo vestido azul. Ela realmente ficava mais bonita nele. A pele parecia menos pálida com um pouco de ruge nas faces, e o azul real tornava seus cabelos mais escuros. Eles estavam conseguindo até segurar uns cachos, apesar de Cinderela duvidar de que fossem durar. Para ser honesta, duvidava e esperava que não.

Quando a carruagem de Ivy chegou, ela estava de mau humor. Observou pela janela enquanto um lacaio ajudava Rose e a madrasta a subirem, com a mente em um turbilhão de sentimentos sombrios que não conseguia nem expressar em pensamentos coerentes. Era inveja, é claro, ela sabia disso. Inveja e um pouco mais que um toque de autopiedade, e ela não conseguia evitar. Como ela deveria se sentir? Simplesmente não era justo. Era como se ela não tivesse importância.

— Em que está pensando, querida?

A carruagem foi embora e Cinderela soltou a cortina.

— Não importa.

— Sua mãe mandou para você. — O pai estava parado sob a porta com uma caixa de chocolates na mão. — É uma caixa dupla. Nada barata.

— Eu não quero. — Ela quase bateu o pé como fazia quando menina e estava aborrecida. Como uma caixa de chocolates podia se comparar com um baile no castelo? Será que agora estavam rindo dela? Parecia provocação. — E ela não é minha mãe.

— Ela cuidou de você desde pequenininha, Cinderela. Ela a ama. — Ele estava carregando um tabuleiro de damas embaixo do braço e o pôs sobre uma mesa de centro e aproximou do fogo que Cinderela tinha acendido com um pouco do carvão levado por Buttons. O fogo estava forte, mas não ia proporcionar nenhum prazer nem à madrasta nem à irmã de criação. Uma pequena vitória, verdade, mas era alguma coisa.

— Não vai escrever esta noite? — perguntou ela.

— Achei que podíamos passar algum tempo de pai e filha juntos... — Ele sorriu para ela. — Comer uns chocolates e jogar algum jogo de tabuleiro. O que acha?

— Acho que eu preferia estar no baile, mas minha *mãe* não me convidou.

O pai dela deu um suspiro, e à luz do fogo ela percebeu, pela primeira vez, que ele estava com mais cabelos brancos que castanhos, e que as rugas cobriam-lhe o rosto como se fossem uma teia de aranha. Como aquilo tinha acontecido? De repente ele tinha virado um homem de meia-idade. Não era mais o homem sólido e sorridente que a balançava sobre o joelho quando sua mãe de verdade ainda era viva.

— Você tem muito a aprender, Cinderela. As coisas não são tão simples assim.

— Ela me odeia. — Cinderela se afundou na poltrona em frente a ele, sentindo-se mais com 10 do que com 20 anos. — Sempre odiou.

Seu pai começou a rir.

— Não seja tão infantil.

Ela o encarou, provavelmente de modo infantil.

— Sua madrasta, bem, ela sente uma grande responsabilidade pelo que as filhas perderam. Pelo que ela *perdeu*. Você era muito nova para entender. Quando ela deixou o velho conde e casou-se comigo, toda a vida delas mudou. E será que às vezes ela sente falta de algumas coisas de sua antiga vida? Claro que sente. Eu nunca pude dar as coisas que ela tinha antes. Coisas que ela teve durante toda a vida. — Ele olhou para dentro das chamas. — Mas ela escolheu ficar com a gente, Cinderela. Acima de todas as outras coisas. E nunca se arrependeu.

— Do jeito que você fala parece até amor verdadeiro. — Cinderela escarneceu. Era uma ideia ridícula. — Se minha mãe não tivesse morrido, você não teria *precisado* dela.

— Ah, querida — ele deu um sorriso carinhoso para ela. — Era amor de verdade. É amor de verdade. Você era nova demais para lembrar direito. Sua mãe, bem, ela podia ser difícil. Se ela não tivesse ficado doente, eu a teria deixado por causa de Esme, do mesmo jeito que Esme deixou o conde por mim.

Cinderela o encarou com um frio na barriga que subiu e congelou-lhe o rosto como se fosse gelo. Ele não podia estar falando sério.

— Você está mentindo.

O pai sacudiu a cabeça.

— Não, é verdade. Era amor verdadeiro. Eu era apenas o secretário do velho conde, mas ela se apaixonou por mim, e eu, por ela. Se tiver sorte, vai encontrar a mesma coisa um dia.

— Não, sem ir a um baile, não! — Ela se levantou com lágrimas ardendo no fundo dos olhos. Como ele pôde ter se apaixonado por sua madrasta estúpida? Como ele podia dizer que a mãe dela era *difícil*? É verdade que não se lembrava muito dela, a maioria das lembranças pareciam mostrar o pai com vislumbres de uma mulher que a abraçava forte e lia histórias para ela, mas era sua *mãe*. — Você é tão ruim quanto ela!

Ela saiu dali apressada, e subiu a escada a passos pesados, deixando o calor do fogo e o chocolate para trás. Bateu a porta do quarto e se jogou na cama. Alguns momentos depois, o pai bateu à porta, mas ela apenas lhe disse:

— Vá embora! — antes de afundar o rosto no travesseiro e chorar. Ela não sabia ao certo por quem estava chorando, mas sabia que estava completamente sozinha. Nem mesmo o pai estava do seu lado. Não era justo. Nada daquilo era justo.

Ela deve ter chorado até cair no sono, pois, quando se deu conta, estava congelando na cama e podia ver o movimento de luzes amarelas no corredor que invadiam seu quarto rastejando pelo vão embaixo da porta. O corredor estava um alvoroço; depois passos subiram as escadas, e o riso alto e afetado da madrasta vinha dançando à frente deles.

Elas tinham chegado.

Cinderela se envolveu com o xale e acendeu a vela ao lado da cama como se aquela pequena chama ao seu lado pudesse fornecer algum calor além de luz, e então foi em silêncio até a porta. Ela não queria vê-las nem entrar na conversa, mas queria ouvir o que estavam dizendo. Estava torcendo para que tudo tivesse dado errado para elas. Afinal, a madrasta tinha envergonhado o velho conde com quem se casara ao abandoná-lo, e, apesar de ele ter morrido havia dois anos, era provável que ainda não fosse muito bem-vinda nos círculos da corte. Mesmo ser filha de um nobre não era um escudo contra o escândalo. O som de risinhos cansados e alegres, entretanto, acabou com essa esperança. Cinderela olhou para o relógio na parede. Era apenas 1h30.

— Oh, Rose. Foi maravilhoso. — Sua madrasta tinha chegado ao topo das escadas e Cinderela abriu com cuidado uma frestinha na porta para ouvi-las com mais clareza. — Você dançou com dois condes. Dois. Dá para acreditar nisso?

— Isso não *quer dizer* nada. Foi apenas uma dança. — Rose estava menos falante, ainda no corredor. — Ah, como é bom tirar estes sapatos. Eles estão matando meus pés.

— E o príncipe beijou sua mão!

— Acho que ele beijou a mão de todo mundo — a voz de Rose estava cheia de bom humor. Ela nem parecia a mesma Rose. Então seus pés começaram a subir pesadamente as escadas. *Isso* parecia com Rose. Ela não tinha um grama de graça em seu corpo desajeitado.

— Mas ele não é bonito, Rose? Quero dizer, eu o conheci, claro, quando era menino, e ele sempre pareceu ter algo especial, mas enfim...

— É, ele é muito bonito. Agora, por favor, por favor, por favor, me ajude a tirar este vestido antes que minhas costelas quebrem. Eu disse a você que era pequeno demais.

— Os homens gostam de cintura fina, Rose. E, infelizmente, você gosta um pouco demais de comida.

A voz das duas foi desaparecendo e então ouviu-se o estalido de uma porta se fechando quando elas desapareceram no interior do quarto da irmã de criação. Cinderela esperou até que o silêncio fosse completo e então empurrou e fechou sua porta. O sangue corria acelerado por suas veias. O frio e o cansaço foram esquecidos enquanto ela absorvia o que tinha ouvido. Dois condes. E o príncipe tinha beijado a mão de Rose.

Ela pegou o retrato emoldurado do príncipe sorridente que tinha no quarto — retrato pelo qual Rose tinha rido dela, apesar de quase todas as garotas no reino terem um —, foi para a cama e puxou os cobertores até o queixo. Ela ficou olhando para o rosto bonito e sorridente. Como ele podia ter beijado a mão de Rose? Devia ter sido só por educação. É, era isso. Ele tinha beijado a mão de todas as garotas, não foi isso que elas disseram? Não havia nada de especial em Rose.

Ela soprou e apagou a vela e deitou a cabeça no travesseiro, com o retrato virado sobre seu peito e tentou se acalmar. Sim, ela odiava que Rose tivesse ido ao castelo e ela não, mas talvez o fato de o baile daquela noite ter sido bom não fosse algo tão ruim. Talvez se Rose se casasse com algum conde horrível como a mãe dela tinha feito, aí certamente sua família seria respeitada o bastante para que ela fosse convidada, não? Só uma vez. Só uma vez. Como ela desejava isso.

Ela fechou os olhos e deixou a mente viajar pela fantasia familiar.

Ela está no castelo, e o salão de bailes está cheio de homens e mulheres vestidos com suas roupas mais elegantes. Quando seu nome é anunciado no alto das escadarias, todos os olhos se voltam para ela, e, apesar de ninguém saber quem é, ficam fascinados pelo seu estilo e beleza. Ela dança com os homens mais bonitos, mas o tempo todo seu olhar e o do príncipe estão fixos um no outro até que, por fim, ele vem e a toma para si. Enquanto giram pelo salão, os dois têm olhos só um para o outro, e sabem que ele vai amá-la para sempre e que ela vai amá-lo para sempre e os dois nunca vão se separar. A música fica mais lenta, e ele a puxa para mais perto com o braço forte em suas costas. Ela pode sentir seu corpo, e cada centímetro de sua pele anseia que ele a beije. Por fim, ele a beija. Seus lábios tocam levemente os dela, provocando-a até que ela mal consegue respirar, e então a língua toca a sua e as estrelas explodem em sua cabeça.

Sua fantasia mudou, como sempre acontecia, e era a noite do casamento deles. A festa tinha terminado, apesar de que ainda iria continuar nas ruas por horas, e eles tinham se retirado para seu quarto. Ele estava de pé, perto dela, com o desejo evidente em seus olhos inebriados, e suas mãos desfaziam os laços de seu corpete deixando-a nua diante dele. A mão dela entrou pela camisola e provocou o mamilo direito como se fosse o dedo dele depois a boca. Ela arfou de leve, perdida no momento, a cabeça cheia de experiências que ela podia apenas imaginar.

Sua mão era a mão dele, e depois, quando seu próprio toque assumiu um ritmo, ele estava dentro dela, movendo-se no ritmo dela, com a boca em seu pescoço, gemendo cada vez mais alto. Ela estava com os braços jogados para cima da cabeça, presos pela mão dele enquanto a possuía. Eles se moviam como animais frenéticos, ficando cada vez mais agressivos um com o outro conforme suas necessidades se tornavam mais urgentes até que, finalmente, em sua caminha na casa do mercador, as costas de Cinderela se arquearam e as estrelas explodiram brilhantes por trás de seus olhos.

CAPÍTULO 3

Os bailes da noiva real

— O filho deles sumiu na floresta.

— O filho do padeiro? Jack?

— Eles não mandaram o garoto sozinho, mandaram?

— Não, a mocinha Greta estava com ele. Ela voltou, mas deve estar com alguma febre, porque chegou contando histórias completamente loucas.

Cinderela estava na beirada da aglomeração diante da lojinha onde um homem cansado e de olhos vermelhos tinha acabado de vender a ela um pãozinho. Ela tinha se perguntado por que ele não piscara nem sorrira para ela como sempre, mas achou que era pelo frio terrível que entrava cada vez que um freguês novo abria a porta e também porque ela não estava com o melhor dos humores, e talvez desse para perceber. Então ela soube, e o vento congelante não tinha nada a ver com o frio que sentiu no estômago.

Jack era um bom garoto. Tinha o temperamento animado e simpático do pai e era muito trabalhador. Não podia ter acontecido nada de mal a Jack, será? Claro que não.

Ela ouviu o burburinho baixo de vozes ao seu redor.

— O que quer dizer com "histórias loucas"?

— Bem... — a mulher velha se debruçou para a frente, e suas amigas fizeram o mesmo. Parada logo atrás delas, Cinderela sabia que o tema da conversa era obviamente o pobre do homem arrasado de tristeza do outro lado da janela. Mesmo assim ela também se aproximou mais um pouquinho para ouvi-las.

— Um absurdo! Claro que ela simplesmente não aguentou ver o que quer que tenha realmente acontecido, mas disse que estavam na trilha normal, como mandaram que fizessem e como sempre faziam, mas que de algum modo a floresta tinha se movido, a trilha havia mudado, e então, antes que ela percebesse, eles estavam perdidos no meio de árvores densas e frondosas. Caminharam durante a noite toda sem saber para onde iam...

— Isso não faz sentido! — interrompeu uma mulher magra e com nariz adunco. — Ela estava de volta em poucas horas, foi isso o que minha Jeannie me contou, e ela mora perto da família de Greta.

— Como disse, ela deve estar com uma febre ou alguma coisa assim. Essa é a história que ela *contou*, e vocês querem ouvir, certo?

— Bem, queremos...

— Então fiquem quietas e escutem. — A narradora ajustou o xale em torno do pescoço e deu uma fungada antes de continuar. — Então, eles caminharam a noite toda e aí encontraram essa clareira. Bem no meio dela tinha uma casa. Greta disse que era feita de bolos e doces.

Isso provocou algumas interjeições de desdém e descrença, mas qualquer ideia de riso morreu com as palavras seguintes.

— Tinha uma velha lá. Ela convidou os dois para entrar. Greta disse não, mas Jack entrou. Como ele não saiu, Greta foi até os fundos da casa para ver se encontrava uma janela com as cortinas abertas por onde pudesse ver lá dentro.

— O que ela viu? — Elas podiam ter rido no início, mas, como Cinderela, as mulheres velhas estavam se interessando pela história.

— Nada. Ela viu o que havia empilhado nos fundos da casa e então se virou e saiu correndo de volta para a floresta. Disse que não parou de correr até que, de algum modo, encontrou o caminho de volta para a trilha.

— Não enrole, Gertrude. Está congelando aqui fora. O que ela viu?

— Ossos. — A voz da mulher se reduziu a um sussurro. — Ossos pequenos. Ossos de criança.

Depois disso, todas ficaram um bom tempo em silêncio.

— Droga — disse por fim a mulher magra. — O menino foi comido por lobos e a garota pegou uma febre. É isso que vão descobrir que aconteceu.

— É preciso fazer alguma coisa em relação a essa floresta. — As palavras saíram quase antes mesmo que Cinderela pudesse se dar conta. — São necessários mais soldados para vigiá-la. Não podemos ver toda uma geração de crianças crescer com medo de entrar na floresta. Nós *precisamos* da floresta. — Ela estava apenas repetindo o que Rose dissera, apesar de ter ficado entediada quando ouvira a irmã dizer as mesmas coisas. Contudo, agora ela conhecia uma das crianças que tinha desaparecido, e isso tornava tudo diferente. As palavras de Rose, por mais que a irritassem, faziam sentido. As mulheres se viraram para encará-la.

— É verdade — Cinderela prosseguiu sem se deter. Alguém precisa falar com o rei sobre...

Sua frase foi interrompida pelo trovejar de cascos de cavalos e o sopro de uma trombeta, e dois lacaios de libré entraram com estardalhaço naquela rua. Ela olhou fixamente para eles. Seria arauto real? O filho do padeiro e seu destino terrível foram esquecidos, e até o padeiro saiu para se juntar à multidão que correu para se reunir e ouvir as notícias do castelo. Arautos reais eram raros naquela parte da cidade, pois não havia nobres suficientes ali, então qualquer que fosse a notícia, devia ser extremamente importante.

Cinderela abriu caminho até a frente da multidão, que não parava de crescer.

— Escutem! Escutem! — O jovem no cavalo branco vestia uma túnica vermelha e dourada sem um grão de poeira sobre ela, e seus cabelos castanhos perfeitamente penteados reluziam com quase tanto brilho quanto o couro de suas botas de montaria. — Sua Majestade, o rei, anuncia a intenção de realizar dois Bailes da Noiva Real quinze dias depois deste sábado para sua alteza o príncipe. Todas as jovens de famílias nobres e suas acompanhantes estão convidadas a comparecer. O príncipe em pessoa vai dançar com todas elas e, ao final dos dois bailes, vai escolher sua futura esposa.

Foi uma comoção, um verdadeiro turbilhão de exclamações de surpresa, murmúrios e comentários excitados percorreram a multidão enquanto mulheres e crianças esfregavam as mãos em expectativa e excitação, e os homens sorriam e davam tapinhas nas costas uns dos outros. Um casamento real significava feriados extras e banquetes, e o rei podia ser muito generoso quando queria que as pessoas celebrassem com ele. Iam assar porcos em todas as esquinas e a cerveja ia correr solta. Isso significava que bons tempos estavam por vir.

Cinderela quase deixou cair as compras que carregava. O príncipe ia dar dois bailes e ela não seria convidada. *Ela* não seria, mas Rose e sua madrasta seriam. Era tão horrível que ela não conseguia aguentar. Pior ainda: ela ia ter de suportar ouvir falarem no assunto pelas duas semanas seguintes. Como se lesse seu humor, o céu escureceu e, enquanto ela corria mal-humorada para casa, começou a cair uma chuva congelante.

Subir degraus é algo difícil para um ratinho, e ele precisou de dois dias e duas noites inteiras para alcançar o alto da torre do castelo. Tinha sido um caminho muito longo até o topo. E isso após uma viagem que já havia sido muito longa. Por isso estava exausto. Ao menos a floresta tinha sido boa e lhe dera passagem livre, e a cobertura frondosa de folhas o protegera das noites frias. Uma lebre o carregou por parte do caminho e o deixou dormir no calor do pelo de suas costas enquanto saltava pela noite, e ele se maravilhou mais uma vez com a magia, a natureza e o destino, e como todos eles estavam unidos na floresta.

Ficou surpreso com a cidade. Percebeu as primeiras pistas de que as coisas não estavam muito bem quando passou pelas minas. As canções que enchiam o ar como se as próprias montanhas estivessem cantando pareciam melancólicas e carregadas de pesar e sofrimento. Os anões endurecidos não estavam encontrando prazer em seu trabalho. Nos limites da floresta, viu faixas de solo morto, como se as árvores e os arbustos que haviam crescido ali tivessem simplesmente desistido e se transformado em uma pilha de matéria orgânica em decomposição.

Era inverno em todos os reinos, e os do Leste sempre sofriam mais e por mais tempo que o resto, mas ele não esperava ver o que encontrou ali. As trilhas e estradas estavam cobertas de gelo negro, e o céu, a qualquer hora do dia, era uma mistura de cinza com escuridão. Os telhados viviam cobertos de corvos.

Ele se manteve perto das construções enquanto suas patinhas o conduziam o mais depressa que podiam na direção do castelo no centro da cidade. Ficava mais frio a cada passo, e o vento soprava mais forte. O castelo logo surgiu à sua frente: era ele o olho da tempestade. Aquela cidade estava infeliz, com uma tristeza amarga que se espalhava como uma poça de sangue da ferida em seu coração.

A cidade também estava de luto. Em toda casa por que passou cortinas coloridas tinham sido substituídas pelo preto de costume e todas estavam bem fechadas. Muitas lojas estavam fechadas, só aquelas que atendiam as necessidades mais básicas tinham permissão de funcionar, mas mesmo assim as janelas tinham sido pintadas de preto e não havia saudações simpáticas ou anúncio de produtos em voz alta.

O ratinho fez uma pausa em sua jornada, espremeu-se por uma fenda na parede de uma casa e ficou ali no quentinho ouvindo um pouco, e também roubando alguns farelos de pão do chão. Aí descobriu o que tinha acontecido.

O rei tinha morrido em batalha, mas seu corpo ainda não tinha sido trazido de volta para casa.

Isso não foi surpresa para o camundongo. Reis gostavam de batalhas, e reis corajosos costumavam se meter bem no meio delas. E bem no meio das batalhas ficava a morte, que montava acampamento no centro das escaramuças e devorava vidas ate saciar a fome. Para ela, todas as vidas eram iguais. Reis morriam com a mesma facilidade que outros homens.

Então, agora a rainha e sua magia estavam no poder, e, apesar de a mulher que falava enquanto costurava parecer convencida de que a tempestade de neve era apenas a expressão de tristeza da rainha de gelo pela perda do marido e pelo desaparecimento da enteada, o camundongo achou que talvez o resto da cidade não fosse tão bondoso em suas opiniões. Eles talvez achassem, como podia ser interpretado pelos olhares nervosos para os corvos, que a rainha não estava lá muito triste porque o marido nunca mais ia voltar para a cama dela. Que a rainha tinha conseguido o que sempre desejara: um reino só dela. Nenhum dos nobres iria desafiar seu poder, apesar de que, pelas leis do reino, eles tinham todo o direito de fazê-lo. No entanto, magia e maldade eram uma combinação aterrorizante. Reis podiam morrer em batalhas, mas políticos escolhiam a própria morte com mais sabedoria. A segunda esposa não devia ser desafiada por pouca coisa.

Ela não o viu por algum tempo. Estava perdida em seus devaneios, com o queixo apoiado nos joelhos, toda encolhida no trono que era a única peça de mobília no centro da torre. Em torno dela, a vida da cidade tão abaixo era reproduzida em espelhos, e os olhos enfeitiçados dos corvos mostravam a ela tudo o que viam. Ela não estava olhando para nada. Seu belo rosto estava sério e pensativo e perdido em lugares que pertenciam apenas a ela.

Ele guinchou.

Ela pulou.

Ela xingou baixinho, um palavrão totalmente deslocado em um ponto tão elevado da sociedade, e levantou a mão. Seus dedos começaram a emitir fagulhas e então ela parou, franziu o cenho e debruçou para a frente a fim de ver melhor. Ele ficou de pé nas patinhas de trás enquanto ela assomava sobre ele, o rosto branco parecendo uma lua contra a noite negra das paredes que pareciam trincadas com raios vermelhos. Havia novas rugas em torno de seus olhos, e as maçãs do rosto estavam mais salientes. Afinal, pensou, se um camundongo pudesse sorrir ele o teria feito, os dois tinham mudado muito desde que ele a tomara sobre aquele chão de mármore.

Ela o encarou por um bom tempo, e ele a encarou de volta, apostando que a curiosidade dela seria forte demais para simplesmente o matar a seus pés. A felicidade futura dele assim como sua vida dependiam disso. Por fim, os dedos dela voltaram a brilhar e um tilintar encheu o ar conforme a luz cintilante o cobria com seu calor, e o mundo tremeluziu, brilhou e estremeceu, assim como suas entranhas.

Ele era novamente um homem.

Também estava vestido, o que lhe deu grande alívio. O momento de paixão que um dia os dois compartilharam tinha passado havia muito tempo para eles. Em vez disso, ela serviu duas taças de vinho e ambos se sentaram em almofadas sobre o chão e conversaram longamente noite adentro. Por fim, eles fizeram um pacto, uma espécie de acordo, e ela contou a ele como a maldição podia ser eliminada. Era como todas as maldições, e não foi grande surpresa. Até então, entretanto, ela a deixaria em suspenso, para que pudessem ajudar um ao outro. Poderia ter sido um acordo bem pior.

Só quando amanheceu, e virou novamente um camundongo, ele lembrou que podia ter descido as escadas antes da transformação...

Foram duas longas semanas entre o anúncio e o início dos Bailes da Noiva Real, e toda a cidade vivia um clima de excitação, mesmo as pessoas comuns que nunca na vida passariam pelos portões do castelo. Modistas, costureiros e costureiras corriam o dia todo da casa de um nobre para outra, todos tentando criar aquele modelo especial que garantiria a atenção dos olhares do príncipe e conquistar seu coração. Ninguém estava poupando despesas nisso, e os comerciantes estavam felizes. Joalheiros, cabeleireiros, botoeiros e bordadeiras estavam movimentando a economia que andava em baixa, e açougueiros e padeiros também estavam muito ocupados, pois muitas pessoas que não teriam a oportunidade de receber um convite planejavam fazer as próprias festas em casa. Bailes da Noiva Real eram uma raridade, e todos queriam aproveitar o fim de semana de festividades.

Exceto, talvez, Cinderela. Os dias se arrastavam intermináveis enquanto equipes de especialistas entravam e saíam da casa. Havia uma mulher para ensinar postura a Rose, outra para ajudá-la a comer menos pois a mãe insistia que ela devia perder vários quilos se quisesse brilhar e não parecer uma égua reprodutora em comparação com as moças glamourosas da corte. Um homem vinha ensiná-la a conversar na corte, e outro, a dançar os últimos passos da moda. Eles chegavam como um exército antes do amanhecer e normalmente trabalhavam com ela até quase perto da meia-noite.

Cinderela se movia silenciosamente pela casa fazendo suas tarefas, mas o tempo todo observava e aprendia. E sozinha em seu quarto reproduzia com facilidade os movimentos que Rose achava tão difíceis, girando de um lado para o outro com uma elegância muito natural. Muito melhor que a garota que passava a maior parte das tardes se arrastando pelo chão a fim de dançar sobre os saltos comprados especialmente para que treinasse sobre eles. Não era justo, pensava Cinderela pela centésima milésima vez. Simplesmente não era justo. Ela quase chorou de inveja quando a costureira chegou com lindos cortes de seda para que Rose escolhesse. Ivy estava pagando o vestido da irmã. O preço não era problema, e a mãe estava se assegurando disso.

Rose foi beliscada e espetada e apertada e cutucada e espremida até que dois modelos adequados foram escolhidos, e então a garota exausta foi mandada para a cama sem jantar para ver se caberia nos vestidos na noite do primeiro baile. Certa noite, Cinderela ouviu seus soluços através da parede e quase bateu em sua porta, mas resolveu não fazer isso. O que iria dizer? Rose sabia quanto Cinderela queria aquele convite. Ela não conseguiria sentir pena da irmã de criação por ter recebido a permissão de ir. Mesmo assim, apesar de estar morrendo de ciúme, ela não tinha mais inveja de Rose.

Os preparativos não acabavam nunca, e a madrasta tinha se tornado insuportável em sua determinação de transformar a filha numa rival à altura das melhores casas do reino. Cinderela se perguntou se talvez, por baixo de todos os risos e lembranças da juventude, aquele primeiro baile anterior não tivesse sido tão bom para ela. Será que havia sido vítima de comentários maldosos sobre os quais não contara a Rose? Será que tinha algumas contas a acertar no castelo?

Pela primeira vez, Cinderela realmente pensou na vida da madrasta *anterior* àquela que levava. Como devia ser diferente. E como deve ter sido difícil voltar àquele castelo onde tantas pessoas ainda se lembravam do que tinha feito. Isso fez com que Cinderela se sentisse estranha. Ela não queria sentir pena nem da madrasta nem de Rose, mas de algum modo era isso o que estava sentindo. A madrasta tinha se tornado obcecada em recuperar seu lugar na vida da corte, e Ivy e o visconde não eram o suficiente. O visconde era um homem nervoso que preferia passar o tempo com a nova esposa na privacidade do lar a se envolver em questões da corte, por isso agora todas as suas esperanças dependiam de Rose para conquistar essa posição.

— *Se você conseguir fazer o príncipe se apaixonar por você, Rose, imagine só...*

Cinderela tinha perdido a conta de quantas vezes ouvira a madrasta dizer aquelas palavras à medida que a noite do baile realmente chegava. Havia certa rispidez nelas. Uma ansiedade nervosa. Cinderela queria ir ao baile, sim, mas estava muito satisfeita por não ser Rose, que estava exausta. E a madrasta, ela podia perceber, estava à beira da loucura. Parecia loucura pensar que na cabeça de um homem tão maravilhoso quanto o príncipe pudesse passar se casar com uma gorducha como Rose. Era impossível. E Cinderela desconfiava de que Rose soubesse disso.

CAPÍTULO 4

Toda a beleza é magia

Na noite do primeiro Baile das Noivas do príncipe, as nuvens cinza pesadas que cobriram o reino por todo o inverno se abriram, e o céu curioso olhou para baixo a fim de ver os eventos mágicos que ocupavam a cidade tão distante. As estrelas cintilavam como diamantes em um vestido azul meia-noite, e o vento cortante diminuiu, como se a própria natureza não quisesse estragar os penteados feitos com cuidado depois de horas de preparação.

A atmosfera frenética que havia tomado a cidade nas duas semanas anteriores finalmente tinha relaxado e se transformado em excitação e alegria. Todas as provas de vestido estavam terminadas; todas as carruagens, reservadas. O momento pelo qual todas as mulheres daquelas terras esperavam tinha finalmente chegado. Naquela noite, elas iam dançar com o príncipe, e, ao final do baile seguinte, uma felizarda voltaria para casa noiva. Apesar de todas as meninas dizerem em alto e bom som que *era óbvio* que ele não as escolheria, no fundo do coração de todas elas havia muita esperança de serem a eleita.

Toda a fome que passou funcionou, e o vestido carmesim vestiu perfeitamente em Rose. A Rosa Vermelha, foi como a madrasta a chamara, com um sorriso orgulhoso pelo resultado de todo o seu trabalho duro. Cinderela não disse nada, mas tinha de admitir que Rose estava bem bonita. Se não bela, pelo menos intrigante e elegante. A madrasta usava um vestido de acompanhante marrom como era o costume, mas era do mais fino tafetá e de um tom que combinava com ela. Cinderela as observava da entrada da sala de estar enquanto as duas aguardavam na porta da frente para sair, e ela nunca antes tinha se sentido tanto como a filha de um guarda-livros pobre.

O pai, parado no alto das escadas, percebeu seu olhar e sorriu para ela, que o ignorou, e passou por todos eles de cabeça baixa e desceu direto para a cozinha. O pai iria dizer que ela estava de mau humor, e ela estava mesmo, mas ele nunca ia entender. Como poderia? Desde que tinham fechado o jornal, suas ambições se limitavam a escrever seu romance idiota ou histórias ou o que quer que ele fizesse o dia todo trancado no escritório no sótão. Como ele conseguiria entender a injustiça do que ela sentia? Enfim, o que ela esperava? Ele já disse que teria deixado a pobre da mãe dela de qualquer jeito por aquela madrasta do mal e idiota se ela não tivesse morrido. Ele era tão horrível e egoísta quanto todo o resto. Ele devia ter ficado contra, como ela, e desaprovado aquela gastança só para que Rose fosse a um baile que não ia dar em nada e ainda deixaria todos endividados.

Ela abriu a porta dos fundos e saiu pelos degraus que levavam do porão até o nível da calçada. O ar estava de um frio cortante, mas, sem o vento forte, a noite estava comparativamente suave. Sentou-se nas pedras frias e úmidas e ficou olhando enquanto a bela carruagem de Ivy chegava para buscar Rose e a madrasta. Elas saíram rindo, com as mãos aquecidas em estolas de pele que combinavam com as mantas elegantes sobre os ombros, e entraram a bordo.

Cinderela ficou ali nos degraus um bom tempo depois que a carruagem já as havia levado para o castelo, com o olhar fixo no céu noturno e segurando as lágrimas. Sua vida ia ser tão ruim assim para sempre? Só trabalho, só ficar na sombra de Rose e de Ivy? A irmã de criação pobre? A plebeia? Talvez fosse como tinha de ser, mas ela só queria uma noite. Uma noite apenas em que se sentisse especial. Lá no alto, uma estrela cadente cruzou o céu escuro. Ela fechou os olhos bem apertados. Só um baile, desejou ela. Ela queria poder ir ao castelo pelo menos uma vez.

— Ih, parece que estou atrasada!

Cinderela abriu os olhos assustada, bem a tempo de ver as últimas centelhas de luz desaparecerem no ar frio, deixando em seu lugar uma bela mulher. Seus cabelos louros, tão claros que eram quase da cor do gelo, caíam escorridos pelas costas, e a pele ficava ainda mais branca contra o vestido negro. Seus olhos azuis pareciam lagos congelados. Ela guardou a varinha negra que carregava em uma bolsinha de veludo e olhou irritada para baixo, para um ratinho marrom que estava em cima da barra de seu vestido.

— Não me explicaram direito o caminho para chegar até aqui.

— Quem é você? — perguntou Cinderela. A mulher tinha aparecido do nada em uma nuvem do que só podia ser magia. O que ela estava fazendo ali?

— Eu acho que... — a mulher deu de ombros — se você tem de me chamar de algo, pode me chamar de sua fada madrinha. Agora vamos entrar. Está um frio horrível aqui fora e preciso beber alguma coisa. — Ela afastou o rato que saiu correndo, virou para os fundos da casa mas deu uma parada e olhou para Cinderela. — Bem, vamos lá! Você quer ir a esse baile ou não?

No interior do calor da cozinha, Cinderela achou sua fada madrinha ainda mais linda que à luz da Lua. Tinha traços delicados e felinos, mas havia uma dureza em sua postura que a transformava em algo etéreo. Também havia algo perturbador sobre ela. Ela mal radiava bondade. Ela ainda não tinha sorrido.

— Isso é o melhor que tem? — perguntou ela a Cinderela fazendo cara feia ao beber um gole grande de vinho tinto.

— Sinto muito, é, sim. Não somos... não temos muito...

— Então vai ter de servir. — A fada madrinha se recostou na mesa da cozinha e estudou pensativamente Cinderela enquanto tornava a encher seu copo. — Você quer ir ao baile desse príncipe, não é?

— Quero, sim. — Os olhos de Cinderela se abriram anda mais e seu coração pulsou com força. — Mais do que qualquer coisa.

— Deixe-me adivinhar. — Quer dançar com o príncipe, fazer com que se apaixone por você e depois vivam felizes para sempre?

— Exatamente! — Cinderela balançou a cabeça com avidez.

— Isso eu não posso prometer. — Ela bebeu mais um pouco de vinho. — Não há magia suficiente que possa garantir sua felicidade depois. Posso garantir, entretanto, que você chame a atenção dele. Posso fazer com que deseje você. Você vai conquistar o príncipe. Depois disso, porém, a sorte está lançada, não posso fazer mais nada.

— Mas como? Como eu posso ir? — A cabeça de Cinderela estava girando. Ela tinha sonhado tantas vezes ir ao castelo, mas na verdade nunca pensou que isso pudesse mesmo acontecer. Será que estava sonhando? Será que era isso? Será que tinha dormido na escada? — Eu nem tenho vestido.

— Pare de choramingar. — Os lábios de sua fada madrinha se estreitaram. — Essa parte é fácil. — Ela pegou uma noz escura de seu saco e a quebrou na mesa da cozinha antes de erguê-la e soprar seu conteúdo com cuidado sobre Cinderela. Poeira negra com gosto de carvão cintilou em torno dela. Cinderela, então, teve certeza de ouvir o eco do canto de homens e de metal batendo contra rochas, em seguida sentiu uma agitação em seu estômago, e depois um formigamento como o bater de asas diminutas tomou seus membros e a deixou sem fôlego. Por um instante, ela se viu em um turbilhão de estrelas brilhantes. Sua pele tremia com o toque do ar gelado e então ela levou um susto quando algo a puxou com força pela cintura para trás, e sentiu o aperto de um espartilho.

Finalmente ela olhou para baixo. Sua roupa velha de ficar em casa tinha sumido. Agora ela usava um elegante vestido de noite prateado, marcado na cintura e sem mangas. Brilhantes cintilavam espalhados pela seda, e sua pele reluzia como se as estrelas que giravam em torno de sua cabeça tivessem se acomodado ali. Ela se virou para se ver no espelhinho que havia na parede da cozinha e quase não se reconheceu. Seus cabelos cacheados estavam penteados parcialmente para cima e parcialmente jogados, e mais joias brilhavam do interior de seu ruivo profundo. O rosto estava maquiado e seus lábios brilhavam em rosa.

— É mágica — disse por fim.

— Toda beleza é mágica. Você vai aprender isso — disse com delicadeza a fada madrinha. — Mas é uma magia que você não consegue controlar.

— Eu estou linda — disse Cinderela com um sorriso. — O príncipe com certeza vai se apaixonar por mim.

— Ah, tolinha — riu a fada madrinha com o som que parecia o de gelo se rachando. — Todas *estarão* lindas. É o baile em que o príncipe vai escolher sua noiva, afinal de contas. Vai ser preciso mais que um rostinho bonito e um vestido elegante para conquistá-lo. Felizmente, você tem esses sapatinhos nos pés. — Cinderela olhou para baixo. Eram os sapatos mais bonitos que já havia visto.

— São de vidro?

— Não seja ridícula. Quem ia querer andar sobre vidro? Eles são de diamante. — Ela os virou de um lado para o outro para que captassem a luz e refletissem cada brilho prateado do vestido de Cinderela na superfície. — Diamantes e também uma coisa absolutamente única deles: são encantados.— Ela olhou para Cinderela com olhos frios e calculistas. — Eles vão torná-la charmosa e encantadora.

— Eles cabem perfeitamente. — Os sapatos eram mais leves do que ela esperava, e quentes.

— Acho que eles cabem quando querem — ronronou a fada madrinha.

Cinderela sorriu. Os saltos altos a deixavam mais alta que a estranha exótica em sua cozinha. Ela se sentia elegante. Eles eram perfeitos. Também eram macios e quentes contra as solas de seus pés. Eram sapatos com os quais podia dançar a noite inteira.

— Aqui tem uma segunda noz — disse a fada madrinha, escondendo a magia de casca escura atrás de alguns pratos na segunda prateleira do armário da cozinha. — Amanhã à noite, quebre-a como eu fiz, inale a poeira e você vai se transformar de novo. — A fada madrinha bateu palmas uma vez. — Agora você está pronta.

— Não acredito que está fazendo isso por mim. — Cinderela estava quase explodindo de excitação. — Muito, muito obrigada. Você realizou meus sonhos. — Tomada por uma onda de carinho, tentou abraçar a fada madrinha, mas em vez de abraçá-la a mulher de gelo segurou seus braços com força, interrompendo o gesto antes mesmo que começasse. E ela não os soltou.

— Calma, eu não disse que não havia um preço por isso.

— O que quer dizer? — Os dedos delgados estavam tão afundados em sua pele que ela ficou com medo que deixassem marcas.

— Tudo na vida tem seu preço. — Lentamente, a fada madrinha a soltou. — Posso fazer isso por você, mas tem uma coisa que quero em troca.

Cinderela permaneceu em silêncio e escutou. O que quer que fosse, ela sabia que ia fazê-lo. Tirar dela seu desejo agora iria partir seu coração.

— Você vai ter seu príncipe se quiser. Quando ele convidá-la para viver no castelo com ele em preparação para a cerimônia gloriosa, quero que explore todos os aposentos que existem lá. Um de meus servos, o mesmo que está à espera lá fora com sua carruagem para levá-la até lá, vai procurá-la toda noite e você contará a ele o que descobriu.

— Todos os aposentos? Devem ser centenas.

— Castelos não são tão grandes quanto parecem de fora. — Seus olhos escureceram e, por um momento, Cinderela achou que sua fada madrinha era uma mistura de tristeza e sofrimento. — Por dentro eles podem ser bem claustrofóbicos. — Terminou com suavidade, perdida em um mundo no qual Cinderela não conseguia penetrar. — Mas todos os aposentos. Entendeu?

Cinderela assentiu.

— Entendi.

A fada madrinha a examinou por um instante antes de tirar uma terceira noz do corpete de seu vestido. Diferentemente das outras, essa noz era quase negra de tão escura e era pequena e enrugada como se tivesse sido escavada fossilizada do solo da floresta.

— Esta — disse ela com voz calma. — Você quebrará em caso de emergência, mas só depois de ter terminado a busca no castelo.

— Que tipo de emergência? — perguntou Cinderela.

— Se a vida no castelo não for exatamente como você planejou. Se quiser uma fuga tranquila.

Cinderela pensou no castelo e no belo príncipe.

— Duvido que vá precisar disso — disse ela em tom desafiador.

— Bom. — A fada madrinha sorriu, ficou de pé e pegou o saquinho de veludo. — E agora você deve ir para o baile. — Ela estalou os dedos e a porta dos fundos se abriu.

Uma bela carruagem prateada aguardava na rua, puxada por dois tordilhos cinza com crinas perfeitamente negras que se moviam impetuosos em suas rédeas. Um homem calejado desceu do assento e abriu a porta delicada. Mesmo no escuro, Cinderela pôde ver que os assentos eram feitos de veludo vermelho e arrematados com barras douradas. Sentiu a força da mão do cocheiro quando tocou a sua, e ele a ajudou a subir. Ela murmurou um agradecimento, mas toda sua atenção estava na glória do seu vestido, em sua carruagem e no pensamento em seu príncipe.

— Não se esqueça de nosso trato. — A fada madrinha estava parada na calçada observando-a pela porta aberta. — As coisas não vão correr bem para você caso se esqueça.

— Não vou me esquecer. — Cinderela ouviu a ameaça nas palavras da mulher e tremeu de leve. — E obrigada.

— Mais uma coisa. — A fada madrinha empurrou e fechou a porta. — Você tem de sair dos bailes sempre antes da meia-noite. Nas duas noites.

— Meia-noite? — No interior da carruagem, o sorriso de Cinderela se desfez. — Mas as últimas danças mal vão ter começado a essa hora. Ele vai dançar com outras. Vai me esquecer.

— Você tem muito a aprender sobre os homens. — Provoque-os, depois os deixe querendo mais. — Ela sorriu, mas havia um toque amargo no sorriso. — É aí que está seu verdadeiro poder. — Ela acenou com a cabeça para o cocheiro. — Meia-noite. Não esqueça!

E então a carruagem começou a andar sob Cinderela. Quando olhou para a rua lá fora atrás deles, a fada madrinha tinha desaparecido. Havia apenas o leve pirilampear das fagulhas deixadas no ar frio da noite.

A noite avançava, e a temperatura caía, mas Cinderela mal percebeu o frio quando desceu na entrada do castelo. Ela mal podia respirar com sua beleza. Não admira que sua madrasta ficasse tão ansiosa em voltar aos favores da corte se isso significasse visitas frequentes àquele lugar. Ela se perguntou como podia ter nascido sem aquilo, pra começar. Todo construído de mármore branco, o castelo se erguia com torres elegantes que cercavam o prédio principal, cada uma de altura diferente da outra e todas com um farol queimando no topo.

As histórias contavam que, na época dos dragões, os grandes monstros sobrevoavam e circulavam as luzes do castelo em seus rituais de acasalamento antes de voar ao Monte Ermo para fazer seus ninhos. Era possível acreditar nisso. Elas pareciam estrelas baixas que sorriam para a repentina boa sorte dela. Naquela noite, parecia que havia velas acesas em todas as janelas de todas as torres para o baile. Ela sentiu pena de quem teve de acender aquilo tudo.

— No fundo, no fundo, é só uma casa.

Cinderela percebeu que, perdida em seu deslumbre diante do castelo, não tinha soltado a mão do cocheiro depois que ele a ajudou a descer. Ela a puxou rapidamente.

— É lindo — disse ela.

— A beleza pode ser superestimada. — Seus olhos escuros pareciam zombar dela. — E ela acaba.

Sua pele corou de leve.

— Bem, será minha beleza que vai conquistar o príncipe — disse desafiadora. — Espere para ver.

Ele riu. Seu rosto enrugado se abriu em uma risada e ela se surpreendeu com o calor de seu som.

— O que há de tão engraçado? — perguntou ela. Ele a incomodava. Ela não gostava daquilo.

— Que você acha ser a caçadora esta noite. — Ele fez uma leve reverência. — Agora corra lá para dentro e circule com todas as outras pequenas e lindas gazelas e deixe que seus sapatos trabalhem. Volte aqui à meia-noite. Eu estarei à espera.

Ela empinou o nariz e olhou para ele antes de se virar para subir as escadarias elegantes na direção dos lacaios que aguardavam à porta. Ela não olhou para trás. Ele podia rir dela quanto quisesse, ela não se importava. Ele não era ninguém. Nada. Quem ligava para o que ele pensava?

Quando ela desceu as escadarias acarpetadas de vermelho para o salão de bailes principal, todos os pensamentos sobre o cocheiro grosseiro sumiram de sua cabeça. De um lado, jorrava uma fonte de champanhe sobre uma torre de taças delicadas. Havia lacaios espalhados a intervalos regulares encostados às paredes, com as perucas empoadas de azul para combinar com as casacas. Havia música, uma valsa elegante, e além do mar de moças e dos amigos nobres do príncipe, ela viu a banda mascarada, toda vestida de branco e em cima de um palco de vidro alto. Era tudo o que ela tinha imaginado e ainda mais. Ela pegou uma taça de champanhe de um garçom que passava e ficou surpresa ao ver a firmeza de sua mão. Achava que ficaria mais nervosa, mas, com o calor que a percorria a partir dos sapatinhos, entrou descontraída no salão e de cabeça erguida. Seria confiante e misteriosa, igual a sua fada madrinha.

Ela tomou um gole de sua bebida, desfrutando das bolhas mas não tanto do sabor pronunciado, e examinou o ambiente. Era um mar de cores. Cada mulher da nobreza da cidade estava usando o vestido mais elegante que o dinheiro podia comprar. Seu próprio vestido de prata quase sumia em comparação, mas, à medida que avançava pelo interior do salão de bailes, as pessoas viravam a cabeça quando ela passava e as vozes se reduziam a sussurros. As mulheres a viam com desconfiança, mas os homens a olhavam por mais tempo, e observavam sem pressa seu corpo inteiro. Ela se segurou para não sorrir. Devia ser a mais bela do baile. Era sim, com certeza. Ela não respondeu a nenhum sorriso de nenhum dos homens. Só havia um homem com quem estava interessada em dançar: o próprio príncipe.

Quando o viu, parou imediatamente onde estava e respirou fundo. Seu coração de repente se acelerou. Ele era o homem mais bonito que já havia visto. Ela sempre tinha se perguntado se ele faria justiça ao retrato que ela tinha ao lado da cama, mas agora via que aquilo era apenas uma imitação barata. Ele era alto e forte e estava todo vestido de preto. Seu cabelo ouro-escuro estava bem penteado para um lado, e tinha um rosto perfeito e bronzeado. Cinderela ficou olhando, em transe, enquanto ele dançava com uma garota baixinha de vestido azul. Ele se movia com facilidade, e a garota obviamente já estava apaixonada por ele, mas também era óbvio que, por mais charmoso que fosse o príncipe, ele não estava prestando muita atenção a sua parceira. Seu sorriso passava por cima do ombro dela e se dirigia a alguém fora do campo visual de Cinderela.

"Ele ainda está olhando para ela."

"Por que ela? Eles dançaram juntos duas vezes. Ela é a única com quem ele dançou duas vezes. Quero dizer, ela nem é tão bonita assim."

"Mas ela tem uma beleza interessante."

"Se você gosta do estilo."

Cinderela não tinha certeza de qual das garotas ao seu redor estava sussurrando e não olhou para ver, mas prestou muita atenção. Alguém já havia conquistado a atenção do príncipe? Ela sentiu um nó frio no estômago. Quem? Quem era sua adversária? Seus pés queimaram dentro dos sapatos.

"E sabe o que a mãe dela fez, não sabe? Deixou um conde por um guarda-livros! Que ridículo! Talvez esteja só com pena dela."

Cinderela se apoiou em uma coluna para não perder o equilíbrio. Rose? Elas estavam falando de Rose? Não podia ser. Não mesmo. Ela deu um passo à frente. De repente, precisava saber. Não precisou de mais que um instante para avistar Rose parada na beira do círculo observando o príncipe dançar. Seu vestido vermelho combinava com o rubor de seu rosto. Ela sorria para o príncipe, e seu rosto estava transformado em algo muito próximo de belo. O peso que tinha perdido na dieta a que tinha sido submetida à força havia reforçado seus traços, e pela primeira vez Cinderela se deu conta de que a irmã de criação não tinha nada de feia. Diferente, talvez, mas não feia. Ela rangeu os dentes. Ela não ia perder seu príncipe para Rose. Não... dentre todas as garotas, não para Rose.

A música parou, e a sala foi tomada por aplausos. Muitas garotas agora estavam voltando a atenção para os outros nobres no salão, ao perceberem que os olhos do príncipe já tinham sido capturados, pois havia vários outros bons partidos naquele Baile da Noiva Real. Cinderela olhou para baixo, para seus sapatinhos. Eles cintilavam refletindo a prata de seu vestido, como o luar sobre a água. Ela respirou fundo. Aquilo era magia. E Rose não podia fazer nada contra a magia.

Depois de uma reverência educada para a garota que, sem dúvida, já havia esquecido, mas que provavelmente iria se lembrar da sensação do toque da mão dele nas suas costas pelo resto da vida, o príncipe estava voltando na direção de Rose.

Cinderela entrou em ação. De costas para a irmã de criação, atravessou o salão e cruzou o caminho do príncipe. Seus braços se esbarraram de leve, e ela ergueu o olhar para ele, com olhos bem abertos.

— Sinto muito, sua alteza. — Ela se abaixou numa reverência. — Eu deveria olhar por onde ando.

— Não, eu devia ter visto... — Os olhos dele estavam fixos em Rose, mas naquele instante ele os baixou para Cinderela. Foi o suficiente. A frase não chegou a terminar. Ele estendeu a mão para ela. — Acho que não dançamos esta noite. Eu teria me lembrado.

— Não dançamos.

— Então vamos corrigir isso agora. — Sem tirar os olhos dos dela, o príncipe a puxou para perto, muito mais perto do que tinha dançado com a última garota. Ele a abraçou com força pela cintura, e cada centímetro da pele dela se arrepiou ao seu toque. Com o rosto muito próximo do pescoço dele, podia sentir o cheiro de seu calor. Ela ergueu os olhos para ele, e os lábios dos dois quase se tocaram.

— Quem é você? — murmurou ele.

— Eu sou... — Ela lembrou de Rose e da madrasta que estavam em algum lugar ali por perto e pensou no pai, o guarda-livros, e no fim disse tudo o que podia pensar para evitar ser desmascarada. — Os nomes podem esperar até mais tarde. Apenas dance comigo.

— Como quiser, moça misteriosa — disse, e, quando ele sorriu, ela achou que aquela expressão captava toda a beleza do mundo. Cinderela derreteu em seu abraço e o deixou conduzi-la e girá-la pelo salão de bailes, seus pés em harmonia perfeita sobre o mármore. Ela não se importava se fosse vista por Rose ou pela madrasta. Nem se deu o trabalho de procurar por elas. Para Cinderela, nada mais existia: só ela, seu belo príncipe e a música. Não percebia o passar do tempo. Foi simplesmente capturada em um momento que queria que durasse para sempre. Depois de alguns minutos, os músicos fizeram uma pausa para descansar, e o príncipe a conduziu a uma lateral do salão para se sentar, dividindo um banco estofado de veludo. Os lacaios asseguraram que o resto dos convidados desse a eles um pouco de privacidade. Cinderela ainda virava a cabeça de lado e a abaixava um pouco para que sua madrasta ou Rose não a encarassem com muita atenção.

— Eu sonhava conhecê-lo — disse ela. As palavras saíam sem querer e a fizeram corar um pouco. — Sei que parece tolice.

— É estranho — murmurou o príncipe. — Sinto como se eu a conhecesse e nem sei seu nome. No momento em que a vi, meu coração, bem... — Ele se debruçou para a frente e tocou a mão dela. — Todas as outras perderam a graça... Eu simplesmente *soube*.

A mão dele estava quente contra a dela, e, enquanto ele acariciava as costas de sua mão carinhosamente com o polegar, ela sentiu a respiração se acelerar. O rosto dele estava pensativo enquanto os olhos procuravam os dela.

— Eu tinha desistido do amor, sabe? Do amor verdadeiro. — Ele tinha se inclinado mais para perto dela e seus lábios estavam quase se tocando enquanto conversavam. Cinderela estava louca de desejo de tocar seu rosto, de sentir as mãos dele nas suas. Seu coração batia forte no peito. Isso era tudo com que sonhara desde que era uma garotinha. Ela nunca tinha visto um homem tão bonito, e ali estava ele, e ele a queria.

— Tanta coisa não é o que parece, não acha? — disse ele. — Mas isto aqui... isto aqui é mágico.

— Amor à primeira vista — disse ela, ignorando a sensação levemente incômoda provocada pela menção de magia.

— É — disse ele. — Eu acho que é.

— Vamos dançar de novo? — disse ela, que queria tornar a sentir o corpo dele, envolver os braços em torno de seu pescoço e sair girando livremente. Livre da formalidade dos limites estabelecidos. Mas, acima de tudo, ela queria beijá-lo.

— Seu desejo é uma ordem — disse ele.

Quando se levantou, ela sentiu flutuar, mas, quando passaram por um relógio, voltou a si. Eram

23h15. Não podia ser. Seu coração se acelerou. Sair à meia-noite ou estar em casa à meia-noite? O que sua fada madrinha tinha dito? Ela não podia arriscar se atrasar. Ou ter sua segunda noite roubada. A noite em que o príncipe ia *escolher*.

— Poderia me dar licença por um instante? — Ela olhou para ele, e seus olhos absorveram a perfeição de seu rosto, guardando-o na memória. — Eu preciso... — Ela não sabia ao certo como terminar a frase. Por sorte, ele simplesmente balançou a cabeça.

— Volte logo, meu amor.

Ela se soltou dele antes que mudasse de ideia e então saiu correndo pelo meio dos convidados na direção das escadarias. Ela não olhou para trás.

A carruagem estava à sua espera. O cocheiro recostado à porta observou enquanto ela veio correndo do castelo.

— Conheceu seu belo príncipe? — perguntou ele. Mais uma vez, havia certo tom de zombaria em sua voz grosseira. Ela lançou um olhar fixo a ele para que saísse da frente da porta e a deixasse entrar. Apesar de forte, ele não era tão alto quanto o príncipe, e, enquanto seu amor era louro e belo, ele tinha cabelos escuros que caíam um pouco sobre os olhos, e o rosto e o queixo estavam cobertos de barba por fazer. Seus olhos castanhos a deixavam nervosa. Ela não conseguia interpretá-los.

— Conheci, sim — disse ela. — Agora me leve de volta para casa antes que nós dois tenhamos problemas.

Ele riu um pouco, um som meio descarado, e deu um passo para trás, puxando a porta com ele.

— Não sou um príncipe afrescalhado que não sabe nem cuidar de si mesmo.

— O que quer dizer com isso? — perguntou Cinderela, inclinando-se para a frente no assento. Ou ele não a ouviu ou simplesmente se recusou a responder, porque de repente as rodas começaram a girar e eles estavam a caminho. Ele estava com ciúme, concluiu ela. Quem não ficaria? O príncipe tinha tudo o que uma mulher podia desejar. Isso era óbvio. E ele seria todo dela. Essa ideia a fez sorrir. Enquanto corriam de volta para casa, ela se perdeu nas lembranças do toque dele em sua mão e no modo como a apertou junto dele quando dançaram.

A magia se desfez assim que ela cruzou a porta da cozinha. O cabelo caiu solto sobre os ombros e o elegante longo prateado evaporou e a deixou novamente em seu vestido de usar em casa. Os pés esfriaram quando seus próprios sapatos, duros e desconfortáveis em comparação, substituíram os sapatinhos de diamante. Mas ela ainda estava sorrindo, e se assegurou de que as duas outras nozes estavam em segurança no bolso antes de beber um copo do vinho do pai e dançar com um cabo de vassoura pela cozinha, rindo sozinha.

Ela mal tinha subido discretamente no escuro e rastejado para sua cama fria quando a porta da frente bateu e as luzes se acenderam por toda a casa. Ela podia ouvir os gritos da madrasta. Ela tinha certeza de que Rose estava chorando.

— Estúpida! Sua garota estúpida!

— Não foi minha culpa, eu...

— Você o *tinha*. Na palma da mão. Todos os meus sonhos... Todos os seus sonhos... estão acabados!

— Olhe, mãe, eu fiz o melhor que pude...

— Bem, isso não foi o suficiente!

Cinderela ergueu os joelhos e apoiou o queixo sobre eles. Sua excitação e o brilho do amor ainda ardiam na boca de seu estômago, mas ouvir a madrasta gritar daquele jeito tão histérico era algo novo e a deixou com uma sensação de tristeza. Assim como o choro de Rose.

— Me desculpe. Me desculpe.

— Desculpas só não bastam! Você arruinou tudo. Tudo!

Cinderela puxou as cobertas por cima da cabeça e pôs os punhos sobre os ouvidos. Não ia deixá-las estragar sua felicidade. Não ia. E se conquistasse a mão do príncipe na noite seguinte, fez uma promessa silenciosa a si mesmo de que ia encontrar um conde para se casar com Rose. Um conde bonito.

O dia seguinte demorou uma eternidade para passar, e, quando terminou suas tarefas, escondeu-se em seu quarto para evitar a madrasta. Sua mãe de criação variava de xingar e criticar Rose a encorajá-la a dar seu melhor na segunda noite que viria. Enquanto isso, Cinderela desejava que as horas passassem rápido. Finalmente anoiteceu, e da janela ela viu Rose ir embora na carruagem de Ivy. Dessa vez, porém, não sentiu inveja, só a própria excitação que a consumia. Assim que o pai foi para o escritório trabalhar até de madrugada, desceu correndo até a cozinha, quebrou e abriu a segunda noz.

Dessa vez, seu vestido reluzia como se tivesse sido tecido em ouro, refletindo cada tom de vermelho de seus cabelos magníficos. Seus pés formigavam com o calor dos sapatinhos, e seu rosto reluzia de felicidade.

— Muito bonita — disse o cocheiro ao abrir a porta. — Se você gosta desse tipo de coisa.

— Você está sendo rude comigo de propósito? — perguntou Cinderela, franzindo o cenho para ele. — Se você acha que sou tão feia, guarde suas opiniões para si mesmo.

Ele tornou a sorrir, ria dela, ela tinha certeza.

— O que foi? — disparou ela, com raiva.

— Eu não estava comentando do produto em estado bruto, mas de todos os enfeites. Você está uma dama da corte perfeita, isso é certo.

— E qual é o grande problema disso? É isso o que eu *quero* ser.

— Nada. É bom para muita gente. Eu prefiro uma mulher de verdade, só isso. Do tipo que corre livre pela floresta. Agora vamos levar você para seu príncipe perfeito, vamos?

Ela não disse mais nada, mas apertou bem os lábios. Podia tranquilamente ficar sem falar com aquele grosseirão insuportável pelo resto da vida.

Rose estava tentando conversar com o príncipe quando Cinderela adentrou o salão de bailes. A garota ficou satisfeita ao ver que ele não demonstrava nenhum interesse por sua irmã de criação. Parecia, talvez, distraído e irritado, e seu olhar ia de um lado ao outro, examinando o salão. O coração dela se encheu de alegria ao vê-lo. Cinderela pegou uma taça de champanhe e, antes de abordá-lo, esperou até que se livrasse completamente de Rose e a mandasse embora correndo envergonhada para algum canto do salão.

— Olá — disse ela apenas, e ele ficou de queixo caído.

— Você! Você veio! Você está... — Ele ficou olhando para ela e sorriu. — Perfeita.

— Desculpe-me por ter ido embora — disse ela quando ele a tomou nos braços e a levou para a pista de dança. Os casais em torno deles recuaram um pouco, e as moças sem par foram para os cantos a fim de se consolarem umas às outras. Estava claro que o príncipe não tinha olhos para mais ninguém. Ele voltara à vida com a chegada dela, seu desânimo desapareceu repentinamente como se fosse uma segunda pele.

— Achei que tivesse me deixado — disse ele. — Não consegui dormir. Não pensei em mais nada, só em você.

— Comigo foi a mesma coisa — disse ela com um sorriso. Será que ele podia ter ficado mais bonito de um dia para o outro? Era o que parecia. Mais uma vez, como na noite anterior, eles dançaram e conversaram e se divertiram um com o outro até que ele fez um sinal e a música parou, e então o príncipe a pegou pela mão e conduziu Cinderela na direção da varanda.

— Vamos para um lugar mais reservado — murmurou no ouvido dela. Sua voz parecia eletricidade percorrendo-a inteira, e ela apenas balançou a cabeça. Cinderela mal conseguia respirar direito. Sua pele estava enrubescida. Dois criados abriram as portas de vidro para os dois, que saíram na noite. As portas se fecharam e isolaram o casal do resto da festa. Ninguém os incomodaria ali, isso estava claro, e, agora que a dança tinha terminado, Cinderela ficou satisfeita por se afastar dos outros. Rose e sua madrasta não esperavam encontrá-la no baile, e com certeza não vestida com tanto glamour, mas isso não evitaria que a reconhecessem se a vissem com atenção por tempo suficiente. E os olhares de todos estavam sobre ela quando a música terminou. Todos achavam que o príncipe já havia feito sua escolha.

Em algum momento enquanto dançavam, flocos macios de neve tinham começado a cair, mas a varanda estava coberta por um toldo de seda e havia tochas queimando sobre suportes de pé metálicos, e o ar estava quente. Cinderela tinha certeza de que, mesmo que estivesse caindo uma chuva congelante, ela nem ia perceber. A cidade se espalhava à frente deles, um oceano de escuridão com apenas eventuais navios de luz nas trevas. Era tarde, e, enquanto o castelo ainda estava cheio de música e dança, as pessoas comuns tinham um dia duro pela frente na manhã seguinte. De pé apoiada na mureta baixa que cercava a varanda e olhando para tudo aquilo, ela se sentiu a uma vida de distância da fuligem e do frio do inverno da cidade.

Ergueu os olhos para o belo homem ao seu lado e sorriu. O príncipe, sem dizer nada, a puxou para perto dele e com um braço a abraçou forte. Ele ergueu a outra mão e com os dedos desceu pelos traços de seu rosto, até o pescoço, sem tirar os olhos da pele dela. Sua respiração se acelerou e Cinderela sentiu um frio de desejo no estômago. Cada toque controlado enviava mil arrepios através dela. A mão dele finalmente alcançou a curva de seus seios, que apontavam para cima como o vestido tinha sido desenhado para fazer, e ela arqueou levemente as costas contra ele, sem conseguir se controlar. Ela gemeu baixinho quando ele tocou sua pele e então ergueu o rosto, e seus olhos se encontraram. Ele inclinou o rosto para a frente e os dois, finalmente, se beijaram. A boca dele era quente e macia, e seus lábios eram delicados, mal tocando os dela no início, depois apertando com mais força com a reação dela. As mãos dele exploraram seu corpo em meio aos confins de seu vestido. Ela o tocou de volta. Seus dedos desceram por seu peito e então uma de suas mãos parou na coxa dele e sentiu os músculos fortes sob o tecido de suas calças. Sem conseguir se segurar, ela levantou mais a mão, desfrutando do calor que emanava dele e da urgência de sua respiração. Ele a beijou com mais força, suas mãos entravam por baixo de seu vestido, e ela lembrou dos dedos de Buttons, magros e femininos, e imaginou como os do príncipe lhe dariam uma sensação diferente.

Ela mal ouviu as badaladas do relógio. Estava perdida no momento. Fogos explodindo em sua cabeça e enviando traços de intensidade por todo o seu corpo. Nem em suas fantasias tinha sido daquele jeito. Ela queria tirar as roupas dele e sentir sua pele grudada na dela. Ela não aguentava de desejo, estava louca por ele. As mãos dele estavam lutando com suas anáguas, e ela queria puxá-las para cima para ajudá-lo. Todos os pensamentos infantis se desprenderam dela. De repente, se tornara uma mulher completa, ávida por fazer todas as coisas das quais apenas ouvira Ivy e outras garotas da cidade não tão bem-comportadas falarem.

— É só meia-noite — disse ele quando a primeira badalada ecoou pela cidade. — Ainda temos horas. — Podemos ir para algum lugar e...

— Meia-noite? — Com a cabeça ainda tonta, Cinderela mal conseguiu se concentrar, mas a palavra conseguiu penetrar o calor da paixão que a tomava. — É meia-noite?

— Sim, mas...

Ela se afastou tão bruscamente que o assustou. Seus braços caíram e quando ele os estendeu para tornar a abraçá-la, ela já estava na porta. Tinha de sair à meia-noite, apesar de cada centímetro dela querer ficar nos braços do príncipe e beijá-lo a noite inteira. A expressão gelada da fada madrinha passou por sua cabeça. Ela tinha de fazer como fora instruída.

— Tenho de ir! — Gritou ela de volta enquanto puxava e abria a porta, tirando a maçaneta da mão do lacaio para andar mais depressa. — Sinto muito, mas tenho de ir.

Ela deixou que os olhos dele bebessem um último gole de seu belo rosto, em seguida se virou e foi embora. Enquanto abria caminho através dos casais que dançavam, sabia que ele vinha atrás dela. Ela seguiu em frente e finalmente conseguiu sair do salão de bailes e subiu correndo as grandes escadarias vermelhas curvas rumo à saída. Ela podia ver a porta da carruagem aberta a sua espera com o cocheiro grosseiro já sentado com as rédeas nas mãos.

— Depressa! — chamou ele.

— Espere! — gritou o príncipe enquanto corria atrás dela pelas escadas. — Espere! Eu nem sei seu nome!

Cinderela correu ainda mais depressa e, deixando de lado qualquer dignidade, se jogou, para dentro da carruagem que já estava começando a se mover. Ela puxou e fechou a porta enquanto os cavalos ganhavam velocidade, e então, enquanto recuperava o fôlego, olhou para trás pela janela. O príncipe estava parado olhando para ela, com um braço estendido como se pudesse de algum modo puxar a carruagem de volta para ele. O ar frio da noite atingiu um de seus pés, e ela olhou para baixo. Nesse momento soou a última badalada. Um dos sapatos encantados estava faltando. Como ele podia ter saído do pé? E quando? Eles se encaixavam tão perfeitamente. E o que sua fada madrinha ia dizer?

Quando chegaram em casa, encontraram a fada madrinha à espera, e, ao descer da carruagem em seu vestido sem graça de usar em casa com os cabelos soltos, ela não parecia muito preocupada com o sapatinho de diamante.

— Ele vai encontrar o caminho de volta, tenho certeza — disse ela com um sorriso, como se entendesse algo que Cinderela não podia. Isso não a surpreendeu. Para ela provavelmente havia muitas coisas que a fada madrinha compreendia que estavam além de seu entendimento.

A noite estava fria e ela de repente se sentiu cansada, apesar do coração acelerado.

— Você conseguiu seu príncipe. Agora não esqueça de sua promessa — disse a fada madrinha. — Faça o que eu pedi ou nada disso vai acabar bem.

Cinderela assentiu com a cabeça. Não que ela soubesse como voltar ao castelo. O príncipe nem sabia seu nome, e ela ficou apavorada demais para gritá-lo para ele.

— E você! — A fada madrinha olhou para o cocheiro enquanto uma nuvem de poeira cintilante envolvia a ela e a carruagem reluzente. — Lembre-se, já vai amanhecer. — Quando ela terminou a frase, o eco das palavras era tudo o que restava dela. Cinderela estremeceu e olhou para ele.

— Você ia embora sem mim.

— Eu sabia que você ia conseguir. — Ele se apoiou na parede. — Você conseguiu o que queria? O verdadeiro amor está no ar?

— O que você sabe desses assuntos?

— Sei algumas coisas — disse ele, aproximando-se dela. Ele tocou uma mecha de seus cabelos ruivos com a mão. Cinderela se encostou na porta da cozinha, mas podia sentir seu calor almiscarado, e ainda estava trêmula por causa do abraço do príncipe. Ele acariciou o cabelo dela, mas Cinderela não fez nada, apenas estremeceu de leve, sem saber ao certo se de repulsa ou atração.

— Sei que seu cabelo fica mais bonito solto que preso — disse ele. — Assim como muitas coisas. Também sei que príncipes são apenas homens. E mais importante: não homens muito bons. E um castelo não pode dar a uma garota como você o que a mulher que há em seu interior vai desejar.

— Você não sabe de nada. — Por que ele a deixava tão desconfortável e a fazia se sentir tão estranha? Por que ele simplesmente não calava a boca e ia embora?

— Sei que você não é nenhuma dama da corte. — Ele sorriu, com dentes brancos e perfeitos em seu rosto enrugado. — E seria uma pena vê-la se transformar em uma.

— O príncipe me ama.

— É o que você diz. — Mas você o ama?

Finalmente, às suas costas, ela achou o trinco do portão, o empurrou e abriu.

— Isso não é da sua conta. — Ele era arrogante demais. Quem era ele, afinal? Só um criado qualquer. Ela desceu a escada com passos pesados até a porta da cozinha. — Mas claro — disse ela. — Eu acho que o amo! — Ela fechou a porta ao entrar sem olhar para trás.

CAPÍTULO 5

Ajude-me...

Durante os dois dias depois do último Baile da Noiva Real, uma tempestade de nuvens negras desabou sobre a cidade. Um vento forte soprava do alto das montanhas com tanta força que diziam ser o fogo fantasmagórico do hálito dos dragões mortos, há tanto tempo gelados em seus túmulos. Ele soprava a neve que cobria as árvores da floresta sobre as ruas da cidade. Raios e trovões disputavam uma guerra nas nuvens, tão baixos que os corajosos o bastante para se arriscar a sair diziam que se esticassem um braço para cima podiam tocá-los. O céu era um mar revolto, e tudo o que as pessoas podiam fazer era se encolher em torno do fogo fraco de suas casas e esperar que aquilo passasse.

A fúria da tempestade lá fora, porém, em nada se comparava à atmosfera sombria que tomou conta da casa de Cinderela. Ivy, que como todas as outras pessoas na cidade soubera da estranha mudança no rumo dos acontecimentos no segundo baile, enfrentou o clima para visitar a irmã e a mãe. Ela não ficou muito tempo. Cinderela se escondeu enquanto a madrasta brigava com Ivy por não tê-las ajudado mais, e depois começou uma agressão amarga contra o físico patético de seu marido nobre. Ivy lhe deu um tapa e foi embora. A casa caiu em silêncio por um bom tempo depois disso. As garotas ficaram nos quartos para evitar algum golpe perdido da língua ferina de Esme.

O pior sobrou para Rose. O tempo todo, sua pele pálida estava inchada de chorar e, em toda refeição, Cinderela e o pai ouviam as reclamações e acusações e compartilhavam com ela a dor que causavam. Esme também estava bebendo. Era como se algo nela tivesse se rompido. Por fim, depois de mais uma descompostura em Rose por ser uma inútil e destruir todos os sonhos de sua mãe de voltar à vida que chegara tão perto de reconquistar, o pai de Cinderela deu um tapa forte na mesa e se levantou.

— Se esta vida é tão ruim assim, Esme, por que você a escolheu? Na época não era o amor que importava? Você não me ama agora? Cinderela e Rose se encolheram na cadeira. Seus pais não discutiam. Eles não pareciam ter muito em comum, mas nunca brigavam.

— Não seja tão ridículo. — Esme derramou um pouco de vinho do copo ao olhar para cima. — Isso não tem nada a ver com amor. Isso tem a ver com vida! Desde que Ivy se casou com aquele visconde idiota...

— Ele não é um idiota. Se você parasse para conversar com ele...

— Ele é um idiota. Ele nem vai à corte. Quando voltei ao castelo e me lembrei de como era minha vida...

— Você odiava! Dizia que era vazia. Você fugiu dela, Esme, não lembra? Você se casou com um homem que odiava por causa daquela vida? Você dormiu com aquele velho safado por cinco longos anos, e odiou cada uma daquelas noites. Foi isso o que aquela vida deu a você!

As duas jovens foram esquecidas em meio ao calor da discussão, mas Cinderela desejou poder deslizar para o chão e sair rastejando dali. Ainda pior era a ideia de que aquilo tudo era culpa dela. Cinderela ainda se aferrava à alegria que sentira no castelo, mas esteve tão concentrada em conseguir o que desejava que não pensou no que podia provocar.

— Sim, mas se Rose tivesse se casado com o príncipe, então eu poderia ter o melhor daquela vida *e* você. Estou cansada de toda aquela gente rindo de nós... de *mim*. Estou cansada de ser pobre. Estou cansada de sentir frio. Você não entende isso?

— Eu entendo. E estou me esforçando muito para mudar nossa situação, mas não se pode ter tudo na vida, as coisas não funcionam assim. Você precisa decidir quais são as partes importantes. — A discussão terminou com o pai de Cinderela. — O que não entendo mais é você. — Ele virou as costas para elas e deixou a sala. Ninguém falou mais nada depois disso.

De manhã, Rose e Cinderela arrumaram a mesa do café e lavaram a louça, as duas trabalhavam juntas lentamente, na segurança relativa da cozinha no porão.

— Você não precisa cuidar de suas mãos? — perguntou Cinderela enquanto Rose esfregava um tabuleiro. A outra garota soltou uma risada curta.

— Não acho que a maciez de minha pele faça mais nenhuma diferença. Pelo menos, não para minha mãe.

— Haverá outros bailes. — Cinderela sentiu-se tomada por uma surpreendente onda de carinho por sua irmã de criação. Rose sempre tinha sido a mais prática das duas. A inteligente. Rose não chorava ou ficava emotiva demais. Nem mesmo quando eram crianças.

— Você não entende, Cinderela — suspirou Rose, cansada. — Você nunca entende. Se o príncipe tivesse dançado comigo uma vez, como com as outras garotas, ou nem mesmo dançado comigo, então não haveria problema. No entanto, agora eu sou a garota que não foi boa o suficiente. Sou a que foi dispensada. — Ela pousou o prato e se apoiou no lado da pia como se estivesse sem forças para ficar de pé. — Mesmo depois que aquela outra garota saiu correndo, o príncipe não quis mais nada comigo. A mamãe me fez tentar falar com ele, e ele me dispensou. Na frente de todo mundo, como se de repente eu lhe desse nojo.

As lágrimas, sempre tão próximas, se acumulavam em seus olhos.

— Agora nenhum outro nobre vai se aproximar de mim. Eu piorei as coisas. E todo o esforço que ela fez para me preparar para o baile não deu em nada. — Ela fungou com força. — Mamãe está passando por suas mudanças, e, com isso para piorar, ela ficou meio louca. Acho que ela está me deixando louca.

Os olhos de Cinderela se afastaram dos da irmã de criação. Ela tinha ficado tão feliz naquela noite. Ela e o príncipe tinham sido feitos um para o outro, ela tinha certeza disso. Sempre que fechava a porta do quarto e olhava para o retrato dele, era transportada de volta para as maravilhas do baile, para seus braços em torno dela e seu beijo... e fantasiava sobre ele a encontrar e tudo se desenrolar como prometera a fada madrinha, e sua vida ser maravilhosa. Contudo, toda vez que olhava para Rose ou para a madrasta, ela se sentia mal. Será que devia contar a Rose o que tinha acontecido? Que a outra garota era ela? Talvez Rose acabasse aliviada, porque poderiam chamar o príncipe e a madrasta teria a vida que queria e tudo ficaria bem de novo.

— Veja, Rose... — começou ela, então a porta dos fundos se abriu e uma lufada de ar fresco e frio e chuva trouxe Buttons para a cozinha.

— Boa noite, princesa — disse ele. — Desculpe por não bater. Está um frio do cão lá fora. — Ele empurrou e fechou a porta e correu para perto do fogão — entregando a Rose o pequeno saco que levava antes de espalmar as mãos contra o metal quente e tremer. — Você deve ser Rose — sorriu ele. — Já ouvi falar de você.

Rose olhou no saco e então tirou um grande queijo redondo, um presunto e dois pães.

— E você deve ser o rapaz que tem enchido nosso depósito de carvão quando ele esvazia — disse ela secamente, mas com certo humor.

— Esse poderia ser eu, confesso.

Cinderela não conseguia olhar para Rose. Ela achava que ninguém tinha percebido os presentes que Buttons trazia para ela, mas com certeza esse não era o caso.

— Obrigada, Buttons.

— Sem problema, princesa.

Rose fez uma expressão de estranheza com o uso dessa palavra, mas puxou uma cadeira e serviu para ele um café quente do bule.

— Você não devia estar pelas ruas nesse frio sem necessidade — disse ela. — Sem falar nos problemas em que pode se meter. Imagino que não tenha comprado estas coisas.

— Não consigo ficar longe das mulheres. — Ele piscou para ela e depois sorriu para Cinderela. — E ninguém vai dar por falta. Eles têm muito. — Ele se sentou. — Enfim, achei que você ia querer saber das últimas fofocas do castelo, princesa. Você nunca se cansa disso.

— Se for sobre os Bailes da Noiva Real, nem precisa se dar o trabalho — disse Rose, de modo levemente brusco. — Todos sabemos como foi.

— Mas vocês sabem do sapato? — perguntou Buttons. O coração de Cinderela pulou, e Rose fechou a cara.

— Que sapato?

— Um que a garota deixou para trás. Eles o encontraram nas escadas quando faziam a limpeza depois da festa. Parece que é lindo. Feito de diamantes, algo assim. Um sapatinho delicado e estreito que o príncipe está convencido de que pertence à beleza misteriosa. Ele não consegue parar quieto, anda sem parar de um lado ao outro. É bem engraçado de ver. Ele estava triste e abatido como um adolescente até encontrarem o sapatinho.

— É mesmo? — Cinderela segurou o sorriso, mas voltou a dançar por dentro. Ele a amava! Ele sentia o mesmo que ela.

— Enfim — prosseguiu Buttons. — Ele está mandando seus criados por toda a cidade para experimentar o sapatinho no pé de todas as garotas da idade certa. Quando o sapatinho encontrar sua dona, ele vai se casar com ela.

— Isso é ridículo! É um sapato! Vai caber em várias garotas — disse Rose. — É mais fácil procurar pela garota que tem o outro pé do sapato.

— Eu o vi — disse Buttons. — Tem algo estranho naquele sapatinho. E nosso belo príncipe quer a garota que consiga calçá-lo perfeitamente.

— Quando começa essa busca? — Cinderela tentou falar sem demonstrar a excitação em sua voz, mas estava com vontade de cantar de alegria. O sapatinho não ia caber em mais ninguém, não importava a observação lógica de Rose. Ficaria grande ou pequeno demais em todas as mulheres, menos nela. Ele mesmo faria com que fosse assim. Sentiu um frio no estômago. A promessa da fada madrinha ia se realizar.

— Amanhã. Mas, mesmo que trabalhem dia e noite, vai levar semanas para percorrer a cidade inteira.

— Não necessariamente — disse Rose. — Pode ser que eles a encontrem logo. — Havia um desejo distante em sua voz. Ela deu um suspiro e olhou para Cinderela com expressão de desespero. — Seria ótimo se conseguíssemos evitar que mamãe soubesse disso.

Cinderela concordou. O ânimo arrefeceu depois disso, e Buttons, agora quente e seco, se levantou para ir embora. Rose deu a ele um cachecol extra para envolver bem o rosto e protegê-lo do vento gélido da rua, e as duas acenaram para se despedir dele.

Um ratinho marrom correu entre as pernas delas e se sentou tremendo no chão, parcialmente embaixo do fogão. Rose pegou a vassoura para enxotá-lo, mas Cinderela a deteve.

— Esse bichinho vai morrer lá fora nesse clima. Esqueça. Eu até que acho ele fofo. — Ela, então, pegou um pedacinho do queijo e o jogou no chão. — Agora venha, vamos subir. Não podemos nos esconder para sempre.

Na hora do almoço, a madrasta de Cinderela já sabia da história do sapatinho. Todo mundo sabia. Em uma cidade sitiada pelo clima terrível, parecia que a fofoca viajava ainda mais rápido que o vento congelante. Um brilho febril surgiu em seus olhos enquanto ela reunia toda informação que conseguia sobre o sapatinho, pagando dinheiro que não tinham a criados de casas que já tinham sido visitadas para saber os mínimos detalhes. Ela bateu a palma das mãos e as juntou à frente, abriu um sorriso e riu alto. Ainda havia chance para Rose, ainda havia chance para *ela*.

— Mas o sapato não é meu — disse Rose. — E ele não me quer. — Foi um lamento, o protesto contido de alguém que já sabia estar derrotado.

— Ele quer qualquer pessoa em que o sapato caiba — retrucou Esme. — Se couber em você, ele vai se casar com você.

Ela passou bastante tempo examinando os pés de Rose e chegou à conclusão de que eram largos demais para o sapatinho, por isso os amarrou tão apertados com ataduras que a pobre garota mal conseguia andar sem chorar. O pai de Cinderela tentou impedi-la, mas Rose disse que estava tudo bem e que não estava doendo tanto, e que ela só queria deixar a mãe feliz. Toda manhã e toda noite as ataduras eram retiradas, e Esme forçava a pobre da filha a tentar espremer o pé machucado em um sapato que supostamente era do mesmo tamanho daquele cintilante que estava visitando todas as casas da cidade. Tinha de ser. A madrasta de Cinderela pagara muito dinheiro para isso.

O pé de Rose nunca entrava. O problema não era o comprimento, mas a largura. Rose podia ter emagrecido, mas os pés ainda eram largos. Depois de cinco dias de amarrações, a madrasta de Cinderela decidiu que era necessária uma atitude mais drástica. Ela deixou os pés descalços da filha mergulhados em baldes de água gelada por horas e depois os enfaixou de novo.

Cinderela não tinha certeza do que era mais perturbador: o que fazia ou o modo reconfortante como falava com Rose ao fazê-lo. Ela só quer o melhor para a filha, dizia. E Rose não parava de chorar, e a tempestade lá fora não dava trégua. Cinderela desejava apenas que o cortejo do príncipe se apressasse e chegasse lá logo. Aquela loucura precisava acabar.

Na noite da véspera, o tempo finalmente melhorou. O céu limpou e o vento amainou, deixando a cidade em uma tranquilidade gelada.

Rose também estava acabada, não aguentava mais.

Lá em cima, no segundo andar, duas pessoas de meia-idade que muito tempo antes tinham se unido por amor verdadeiro agora gritavam e choravam um com o outro. Cinderela ouviu as palavras "menopausa" e "hormônios", e então a madrasta surtou completamente. Atacou o marido com uma série de insultos cujo alvo ia de sua virilidade a seus ganhos. Cinderela estava ficando quase o tempo todo no quarto. Ninguém estava mesmo prestando atenção a ela, e, quando terminava as tarefas do dia, subia e se trancava com o retrato do seu amado, fechava os olhos e voltava no tempo para a noite do baile. Mas, daquela vez, nem mesmo esse devaneio estava conseguindo bloquear a discussão. Já passava das 10 horas da noite quando ela desceu até a cozinha e encontrou Rose.

No início, ela não conseguiu entender direito. As ataduras estavam desfeitas e espalhadas por todo o chão. Rose, com os cabelos soltos sobre os ombros, estava sentada em uma cadeira de madeira com o queixo apoiado sobre um joelho erguido. Estava chorando e murmurando palavras sem sentido, muito concentrada no que quer que estivesse tentando fazer. Os olhos de Cinderela se arregalaram. O que ela *estava* tentando fazer?

Rose tinha segurado o dedo mínimo do pé com a mão, separando-o dos outros, e o estava cortando com uma faquinha. Ela parou e, com a mão ensanguentada, pegou a garrafa de brandy na mesa da cozinha e tomou um grande gole. Só quando a botou de volta no lugar notou a presença de Cinderela e a encarou por um instante.

— Ajude-me... — disse ela por fim. Suas palavras estavam roucas, saindo através do catarro e do suor que cobriam seu rosto. — Não estou conseguindo cortá-lo fora. — De repente, as lágrimas jorraram e ela começou a chorar alto, tirando Cinderela de seu estado de choque. Ela correu até Rose e pegou a faca. Do corte jorrava sangue, grosso e vermelho, e Cinderela sentiu o estômago se revirar ao ver o osso exposto. Ela agiu rápido. Pegou uma tigela e saiu correndo. Voou até a rua, ajoelhou-se no chão e a encheu com neve congelada. Suas mãos queimavam de frio, mas ela não sentia. Como Rose podia ter feito aquilo? Como ela podia ter feito aquilo?

De volta à cozinha, ela enfiou o pé da irmã de criação na tigela e a segurou enquanto ela gritava de dor. Então, enquanto Rose bebia mais da garrafa de brandy, Cinderela gentilmente costurou de volta a pele dela no lugar, cobriu tudo com uma pomada medicinal e prendeu os dois dedos menores juntos com uma atadura. Ela se sentia má. A loucura estava destroçando sua família. E eles eram sua família, ela sabia disso no fundo do coração, por mais que às vezes se sentisse diferente e distante deles.

— Prontinho — disse ela com carinho. — Isso vai ficar bom. — O pé de Rose nunca ficaria bonito de se ver, mas pelo menos havia a chance de ela não perder o dedo. Ela estava cansada. Rose estava exausta. Que confusão aquilo tinha se tornado. — Nós devíamos contar ao papai — disse ela. — Você provavelmente precisa ver um médico. — O chão ainda estava melado e vermelho, e Cinderela foi pegar o esfregão.

Rose a estudou, de olhos fixos.

— Sua mãe não morreu, sabia? — Ela fungou e passou as costas das mãos no nariz. — Você sabe disso, não sabe? — Cinderela se virou, e o sangue foi esquecido. Ela teve de se apoiar no esfregão para ficar de pé. O mundo balançou um pouco sob ela.

— O quê?

— Ela não morreu — disse simplesmente Rose. — Ela fugiu com um viajante. Eles iam para o Monte Ermo procurar os dragões. Foi isso o que ela disse. — Ela deu um suspiro. — Mas ela era uma bêbada. Falava um monte de coisas, quando não estava gritando com você ou com seu pai.

— Isso é mentira. — Imagens indesejadas surgiram de repente em sua mente. Escondida atrás de balaustradas e corrimãos. Uma mulher com um riso desagradável. Gritando.

— Ela costumava vir à casa de meu pai e gritava umas coisas malucas. Ela era descontrolada, sua mãe. Descontrolada e má.

— Isso não é verdade.

— Nós não contamos a você porque era pequena demais. Sentimos pena. — Lágrimas frescas encheram seus olhos. — Nós amávamos você. Você era como a bonequinha linda minha e de Ivy. Minha mãe costumava pegar você no colo e lia histórias e acariciava seus cabelos até você dormir. Por que você acha que quer tanto se casar com um príncipe? Quem acha que contou a você essas belas histórias de palácios?

— Não. Não! — As paredes do mundo de Cinderela desmoronaram, e as palavras de Rose a chocaram com suas lembranças preciosas.

— Essa não era ela! Essa era *minha* mãe. Minha mãe morta.

— Nós devíamos ter contado a você. — Rose estava olhando fixamente para o vazio. — Devíamos mesmo. Talvez assim você não tivesse crescido para ser tão má com a gente o tempo todo.

Cinderela se virou e saiu correndo. Ela não olhou para trás.

CAPÍTULO 6

Finalmente serviu!

O céu acima estava azul e, apesar de ainda fazer um frio congelante, o sol brilhava sobre a rua enquanto a fanfarra tocava, e o séquito de homens do príncipe parou na rua deles. O pai de Cinderela se recusou a descer. Até Esme estava desanimada enquanto esperava com Rose na sala de estar, com Cinderela também por ali sem fazer nada, nos fundos, fingindo atiçar as chamas da lareira. Rose, em seu melhor vestido, estava sentada numa poltrona. Seu rosto estava pálido. Com certeza estava sofrendo por causa do pé machucado. Cinderela captou seu olhar e as duas garotas trocaram sorrisos cansados. Esme não olhou para nenhuma delas. Cinderela não sabia ao certo se ela tinha coragem de fazer isso. A gritaria tinha parado quando ela viu o que Rose fizera, e ela estava com olheiras profundas que não indicavam uma loucura febril.

Quando os lacaios entraram com o conhecido sapatinho de diamante brilhando sobre uma almofada vermelha, por um breve instante Cinderela desejou que ele coubesse em Rose para que terminassem logo com aquilo. Ou ainda melhor: que não coubesse em nenhuma delas e eles seguissem adiante.

— Sua alteza real decretou que a jovem em quem este sapato couber será tomada como sua esposa. Toda jovem destas terras tem a obrigação de experimentá-lo. — O homem parecia cansado e disse as palavras sem ânimo. — Senhorita, se me permite — disse a Rose. Ele baixou a almofada e pôs o sapatinho aos pés dela. Rose olhou para ele e deu um risinho, um som baixo e triste.

— Eu cortei o dedo errado — disse calmamente. — Típico.

— Senhorita? — perguntou o criado.

Ela o ignorou, ergueu o pé direito e tentou calçá-lo no sapato, mas sobraram uns dois centímetros de calcanhar para fora, e ela não conseguia espremê-lo mais. Para Cinderela ela não se esforçara muito, mas nem podia culpá-la.

— Bem, então é isso — disse Esme. Depois de toda a histeria das duas semanas anteriores, a voz dela agora estava calma e vazia. — Obrigada.

O criado pegou o sapato e o levou até Cinderela.

— Senhorita, se me permite.

O coração de Cinderela se acelerou. Ela não podia evitar.

— Ela não foi ao baile — disse a madrasta. — Não precisa se incomodar com ela.

— Todas as mulheres do reino. — O criado deu um leve sorriso. Em sua exaustão, ele mal conseguia levantar os cantos da boca. — Se não fizer isso, vou ter de começar tudo de novo.

Cinderela levantou o pé com cuidado. Ela já podia sentir o calor do estranho sapatinho de diamante. A sola mal tocou o interior e ela sentiu o sapatinho se apertar em torno dela, ajustando-se à forma de seu pé.

Houve um longo momento de silêncio quando a verdade caiu sobre todos eles.

— Serviu! — O criado estava boquiaberto. — Finalmente serviu!

— Mas isso não é possível! — Esme a encarava sem poder acreditar. — Como você conseguiu... Como... Por que você não disse?

— Você... — A voz de Rose saiu fria quando ela se levantou dolorosamente. — Era você o tempo todo.

Foi a vez de Cinderela evitar o rosto delas. Seu coração estava acelerado de excitação, mas o estômago estava encolhido de vergonha. Mesmo assim, empinou o queixo. Ela ia melhorar a vida de todos eles. Eles iam ver isso quando se acalmassem. Iam sim, com certeza.

Não houve muito tempo para discussões. Assim que o criado saiu na rua com o sapatinho e anunciou para a guarda do príncipe que havia encontrado a garota, um grupo de homens chegou para embalar os pertences da família e prepará-la para a mudança para o castelo e seus novos aposentos reais. Quaisquer receios que a madrasta pudesse ter inicialmente haviam evaporado ao perceber que no fim das contas seus sonhos tinham se realizado. Ela apertou as bochechas de Cinderela e a beijou na testa, declarando que sempre tinha sido a mais bonita das meninas e como não havia reconhecido aquele cabelo ruivo glorioso quando o viu no baile.

Cinderela teve vontade de dizer que isso acontecera porque provavelmente, depois do casamento de Ivy, Rose tinha se tornado o objeto de sua atenção, e ela fora deixada um tanto de lado, mas achou que ficar quieta sobre o assunto era melhor. Esme começou a dar ordens aos homens que embalavam as coisas e desmantelavam sua vida e sua casa antigas com uma velocidade assustadora. Depois de pouco mais de uma hora, vários alfaiates apareceram com uma seleção de vestidos finos para as mulheres e casacas para o pai de Cinderela. As roupas velhas deles não serviam para a vida no castelo.

Depois de se ocuparem de Cinderela e de vesti-la em um modelo prateado com gola de arminho quase igual ao que tinha usado no baile, ela escolheu vários outros vestidos e os levou para cima. Com o coração quase saindo pela boca, bateu à porta do quarto de Rose. A irmã de criação estava sentada na beira da cama olhando ao redor para seus livros e brinquedos velhos que nunca conseguira jogar fora.

— Escolhi alguns vestidos para você — disse Cinderela. — São muito bonitos.

Rose olhou para ela.

— Por que você não disse nada? — Ela ignorou os vestidos, e, sentindo-se estranha, Cinderela os jogou sobre o colchão.

— São todos para você. Escolhi os mais lindos.

— Você devia estar rindo de mim esse tempo todo. — Rose encarou novamente o vazio. — Esse tempo todo.

— Não! — As palavras foram como flechas no coração de Cinderela. — Não estava, não! Eu só não sabia como contar... Eu não sabia o que dizer... Eu sinto muito. — Seus olhos arderam e se encheram de lágrimas.

— O que eu sempre disse a você? Você é minha irmãzinha. Sempre cuidei de você.

— Rose... eu...

— Me deixe em paz. Vou vestir um de seus vestidos preciosos. Não vou querer envergonhá-la diante de seu príncipe.

— Eu não ligo para... — Cinderela não conseguiu terminar a frase. Ela ligava, sim, para o príncipe. Ela queria que sua família chegasse com a melhor aparência possível. Queria, sim, morar no castelo e se casar com o homem que todas as garotas desejavam. Ela não podia evitar.

Rose deu um sorriso triste.

— Desde que você consiga o que quiser, não é, Cinderela? Acho que é só isso que importa.

Seu rosto enrubesceu, e Cinderela saiu do quarto e fechou a porta. Um vento frio subia pelas escadas enquanto os homens entravam e saíam carregando relógios, cadeiras e caixas de porcelana e talheres que Esme achava que devia levar. Cinderela espiou por cima da balaustrada. Parecia que a madrasta estava levando um monte de coisas comuns. Por que ela simplesmente não deixava tudo para trás? Haveria coisas melhores no castelo. Suas coisas iam apenas parecer simples e baratas.

— Estou muito decepcionado com você.

A voz a fez dar um pulo, e ela se virou para ver o pai parado no degrau mais baixo da escada que levava a seu escritório no sótão.

— Mas agora vamos morar no castelo — disse ela. A frase soou falsa. E era. Não era sobre isso que o pai estava falando, e ela sabia.

— Quase posso perdoar a mentira. Talvez eu nunca descubra como você conseguiu ir ao baile. E nem sei se quero saber. Ir escondida ao baile foi errado, mas sei quanto você queria ir. No entanto, esse comportamento... ver tudo pelo que sua madrasta e Rose passaram nestas últimas semanas...

— Ela estava louca! — disparou Cinderela. — Não é minha culpa.

— Sua madrasta está passando por... bem, há um período na vida que chega para todas as mulheres. É difícil. E as coisas ficaram difíceis desde que o jornal fechou, e meu trabalho ficou menos regular. Sua madrasta quer que tenhamos os dois mundos. E se alguém pode fazer com que isso aconteça, esse alguém é ela. Nós conversamos sobre isso. Ela acha que na corte podemos reabrir o jornal. Podemos tornar as coisas melhores para muita gente. — Ele fez uma pausa e olhou para Cinderela. — Mas seu comportamento em relação a sua irmã e ao resto de nós foi totalmente egoísta. Talvez seja nossa culpa. Sempre mimamos você. Você era a bebê favorita da família.

Mimada? Ela? Cinderela não podia acreditar no que estava ouvindo.

— Eu nunca achei que diria isso. — O pai dela se virou para as escadas. — Mas você está me lembrando a sua mãe.

Sozinha no corredor, a surpresa de Cinderela se transformou em raiva, e ela fervilhou em silêncio. Onde estava a gratidão? Ela tinha acabado de mudar completamente a vida deles para melhor! Onde estavam os parabéns? Ela tinha se apaixonado e ia se casar com o homem dos seus sonhos. Com certeza seu próprio pai devia estar feliz por ela, não? Ela entrou com passos firmes no quarto e bateu a porta, sem se importar se aquilo pareceu uma atitude de criança. Nem de criança mimada.

Seu mau humor terminou assim que subiu na carruagem dourada que o príncipe mandou para buscá-la, com outra prateada atrás para o resto da família. Todos os moradores da rua saíram para vê-los partir, e Cinderela sabia que pelo menos a madrasta estava toda orgulhosa. Aquilo era o resgate de sua respeitabilidade, e em grande estilo. E tudo graças a Cinderela. Ela se recostou nas luxuosas almofadas forradas de pele e olhou pela janela para todas as pessoas comuns que saíam das casas, curiosas para vê-la enquanto as rodas delicadas a levavam rapidamente de volta ao castelo. Era uma distração perfeita para não pensar nos sapatinhos de diamante e na magia que ela usara para conquistar a atenção do príncipe. Ele iria se apaixonar por ela sem eles de qualquer maneira. Ela tinha certeza disso. Ele só precisava conhecê-la.

Ele estava a sua espera nas amplas escadas em curva agora cobertas com tapete vermelho e alinhadas com lacaios de peruca. Quando ela desceu, as multidões empolgadas que enchiam as ruas e se espichavam das sacadas para um vislumbre dela, aplaudiam e davam vivas. Cinderela mal os ouvia. Apesar de o resto da cidade ainda estar imundo após a tempestade, o castelo reluzia branco, e todas as janelas refletiam o sol do inverno fazendo daquele um verdadeiro castelo de luz. Era tão glorioso à luz do dia quanto iluminado à noite e, pensou Cinderela enquanto fazia uma grande reverência, o príncipe também. Ela sorriu para ele, que sorriu de volta, mas havia uma pontada de desconfiança no olhar. Ele estalou os dedos e um criado logo se aproximou trazendo a almofada com o sapatinho e a pôs sobre o degrau diante dela.

Só quando ela o calçou outra vez e ergueu a perna com muita elegância, que o príncipe pôde ver como o sapatinho se encaixava com perfeição abrindo um leve sorriso por completo.

— Minha querida — disse ele, inclinando-se para a frente e beijando-a. — Estou tão feliz por tê-la encontrado. — Ele olhou para a multidão. Em volta deles, os cortesãos aplaudiam e vibravam, e ele a tomou pelo braço e a conduziu para o interior do castelo.

Os aposentos de sua família eram magníficos. Só a área social era maior do que toda a área de sua velha casa, agora trancada e esquecida, e as janelas iam quase do chão ao teto, com cortinas pesadas douradas e prateadas penduradas dos dois lados. Criados corriam de um lado para o outro fazendo listas de todas as exigências deles. Esme insistiu em ter uma escrivaninha e uma cadeira colocadas perto da janela com a melhor vista da cidade, onde o marido poderia terminar seu romance e escrever seus artigos. Cinderela observava o pai sorrir para a madrasta e viu naquele instante quanto ele a amava. Ele não ia reclamar da nova vida se isso a deixasse feliz.

O quarto de Rose ficava ao lado do dela, e havia uma porta que ligava os dois amplos *boudoirs*. Cinderela se perguntou se algum dia elas iriam usar o lugar. Ela duvidava. Não porque fosse ficar muito tempo em seu quarto. Logo haveria o casamento e ela iria para a cama do príncipe. Ela lembrou da sensação que os beijos dele lhe provocaram na noite do baile e se perguntou se iria conseguir aguentar até o casamento. E será que ia importar muito se ela não aguentasse? O mundo repentinamente se transformou em sua ostra. Talvez Rose também não ficasse por muito tempo em seu quarto. Ela agora era um partido e tanto para qualquer nobre, e Cinderela estava decidida a encontrar um bom par para ela, nem que fosse apenas para aplacar a sensação incômoda de culpa da qual não conseguia se livrar.

O médico real visitou Rose naquela noite antes do jantar para examinar seu pé. As novas criadas de Cinderela a estavam vestindo quando ele saiu, mas ela teve certeza de ouvir seus gritos vindo do quarto ao lado. Ela dispensou as duas garotas, e gostou bastante da sensação de poder que isso lhe proporcionava, e em seguida abriu uma fresta na porta que separava os dois aposentos para ouvir a conversa.

— Está tudo bem, mãe — disse Rose. — Só vou mancar um pouco.

— Mas vai precisar de uma bengala para sempre? — Esme estava chorando com um braço em torno da filha. — Eu sinto tanto. Foi maluquice. Foi tudo culpa minha.

— A beleza nunca foi minha maior qualidade. E você não tentou cortar meu dedo do pé, fui eu.

— Por minha causa.

— Agora está feito. — Rose beijou a mãe no rosto. — Amo você. Agora vamos nos aprontar para o jantar e mostrar à família real que sabemos jogar este jogo tão bem quanto eles.

Cinderela fechou a porta e se encostou nela, sentindo-se um pouco mal. Como ela pôde, em busca da própria felicidade, ter causado tanta infelicidade às outras pessoas? As coisas iam melhorar. Iam, sim. Ela deitou na cama, com cuidado para não despentear o cabelo recém-penteado, e ficou à espera do jantar. Ela afastou todos os pensamentos tristes da cabeça e se concentrou em como a dança com o príncipe a havia deixado feliz. Tentou não pensar que naquela noite o príncipe olhava para Rose antes que ela cruzasse seu caminho calçando os sapatinhos mágicos. Isso fez seu estômago se revirar com uma sensação sombria e desagradável que a fez se sentir uma ladra.

O rei era um homem grande e taciturno com vastos cabelos brancos sob a coroa. E suas túnicas formais estavam justas em torno de um corpo que sem dúvida tinha sido forte e musculoso, mas agora estava começando a engordar, e o peso descia de seu peito e seus ombros para se acumular em torno da cintura. Mas o olhar ainda era perspicaz. Enquanto bebiam champanhe antes do jantar e o príncipe a apresentou, Cinderela se esforçou ao máximo para se lembrar do que escutara escondida das lições que Rose fora obrigada a suportar, e elogiou seu belo castelo e respondeu suas perguntas da melhor maneira possível. Mas ela não evitou se distrair com os pelos que brotavam de seu nariz e suas orelhas. E ela conhecia muito pouco de música e arte contemporânea.

Eles jantaram sem a rainha, que estava aparentemente indisposta com um resfriado. O tilintar delicado de garfos e facas de prata batendo na porcelana ecoava pela ampla sala de jantar. Cinderela estava sentada em frente ao príncipe, mas eram Rose e Esme quem se sentaram ao lado do próprio rei, e Ivy e seu visconde completaram o resto da mesa. O grupo conversava e deixava os dois apaixonados com um pouco de privacidade para conversar também. Apesar de o príncipe sempre sorrir para ela, a conversa dos dois de algum modo empacou, como se a paixão que sentiam nas duas semanas anteriores os tivesse deixado um pouco sem jeito na presença um do outro. Cinderela recorria frequentemente à taça de vinho para tentar acalmar os nervos.

Rose, entretanto, não tinha problemas em conversar com o rei.

— Acho que agora devem ser umas quinze crianças — disse ela. — É terrível. E todas filhas de comerciantes, porque eles não têm condições de comprar carvão ou lenha dos negociantes para aquecer as casas. Então têm de ir à floresta em busca de madeira enquanto os pais trabalham.

— E não encontraram nenhum corpo? Não foram apenas atacados por lobos famintos?

— Quem sabe, sua majestade, mas tenho certeza de que as pessoas iam se sentir muito mais seguras se soubessem que o senhor mantém soldados na floresta para protegê-las.

— Hummmm. — O rei balançou a cabeça.

— Na verdade — disse Rose —, se os soldados de Sua majestade juntassem a lenha e a distribuísse entre as crianças, seria um sinal do grande carinho que o senhor obviamente tem pelas pessoas comuns.— Ela deu um gole em seu vinho. — Esse bom sentimento provavelmente também facilitaria a coleta de impostos. — A última frase foi dita com tamanha delicadeza que foi quase um adendo, mas o garfo bem cheio do rei parou no ar.

— Eu amo o povo — disse ele. — Isso é verdade. E sempre há soldados desocupados. — Ele olhou para o príncipe. — Sabe alguma coisa dessas crianças desaparecidas?

— Ouvi alguma coisa. — O príncipe deu de ombros, mas claramente era um assunto que não o interessava muito. Cinderela pensou no filho bochechudo e sorridente do padeiro e sentiu orgulho de Rose por ter levantado o assunto.

— Por que não me contaram nada sobre isso? — O rei franziu levemente o cenho. — Antes havia um jornal. O que aconteceu com ele?

— Foi fechado, Sua majestade — disse Esme. — Creio que alguns de seus conselheiros se preocuparam que exemplares fossem levados para fora destas terras e caíssem em mãos de seus inimigos, que conheceriam melhor seu reino.

— Conselheiros — escarneceu o rei. — Eles às vezes passam das medidas.

— O meu querido Henry era o editor. — Esme tocou a mão do marido. — Tenho certeza de que ele poderia ajudar a fazer o jornal novamente se fosse de seu desejo. Na verdade, não há nada como ler todas as notícias da perspectiva das ruas antes de ouvi-las da boca de conselheiros às vezes superprotetores.

O rei balançou a cabeça.

— Talvez a senhora tenha razão. — Ele olhou para Esme e sorriu. — Eu me lembro de seu primeiro casamento, sabia? Ele era muito velho, aquele conde, não era?

A madrasta de Cinderela balançou a cabeça.

— Mas ele era um bom homem.

— Um velho safado, pelo que ouvi dizer. — O rei deu tapinhas na mão dela. — A senhora era jovem demais. Seus atos estão perdoados.

Esme sorriu, e o pai de Cinderela também, e o amor entre os dois reluziu, contaminando o sorriso do velho rei com o calor do homem em vez da afeição do monarca. Cinderela olhou para o príncipe e sorriu para ele na esperança de ver um pouco daquele brilho refletir para ela, mas ela e o príncipe não tinham anos de companheirismo. Na verdade, ela se deu conta, eles não conheciam nada um do outro. Ela sentiu os pés frios dentro dos belos sapatos sem feitiço.

Quando o jantar finalmente acabou, o rei dispensou todos para que fossem para seus aposentos, insistindo que a família devia estar cansada depois da mudança e que Cinderela precisava de seu sono de beleza antes que os preparativos para o casamento começassem de verdade no dia seguinte. Ele fez um sinal para que o príncipe o acompanhasse para um último drinque antes de dormir.

Cinderela não voltou para seus aposentos. Ficou para trás e deixou a família ir na frente. Eles queriam se despedir de Ivy. Então, enquanto seguiam sua irmã de criação pelo pátio onde a carruagem deles os aguardava, Cinderela ficou parada no corredor por alguns minutos, aí tirou os sapatos e voltou descalça e em silêncio até a sala de visitas. A porta estava entreaberta e ela encostou o rosto contra ela. Havia um enorme fogo queimando na lareira (com tanto carvão quanto eles tinham condições de gastar em um mês) crepitando sobre uma enorme grade de ferro. Ela ouviu o ruído de líquido sendo servido em um copo e o ranger pesado de couro quando o rei sentou. Ela não conseguia ver nem seu amado nem o pai dele, mas a voz dos dois chegava até ela enquanto falavam.

— Eu esperava que suas aventuras recentes o tivessem feito crescer. — Era o rei. — Mas parece que não. Onde você estava com a cabeça para fazer um gesto grandioso como esse? Bastaram só algumas danças para seu pau ficar muito duro e você resolver se casar com essa garota?

— Se isso o ofende tanto, pai, podemos cancelar o casamento. — A voz do príncipe estava fria, e o coração de Cinderela quase parou. É claro que ele lutaria por ela. Ele a amava, não? É óbvio que não tinha se dado o trabalho de ordenar toda aquela busca só para mandá-la embora, agora. Ela ficaria humilhada. Lágrimas brotaram em seus olhos, mas ela as engoliu e se esforçou para segurá-las.

— Depois dessa maluquice com aquele sapato, agora fazer o reino inteiro achar que você é um tolo que não mantém a própria palavra? — O rei bufou. — Não. Vamos continuar com essa farsa até o fim. Ela é uma coisinha muito bonitinha e vai lhe dar herdeiros. Tenho certeza disso. — Ele deu outro suspiro. — Mas a outra teria sido uma escolha muito melhor. Pelo menos ela é nobre. E tem um cérebro. Ela me lembra sua mãe.

— Cinderela é mais bonita — disse o príncipe. Aquilo soou fraco. De trás da porta, Cinderela não percebeu se ele a estava defendendo ou a si mesmo com a afirmação.

— Ouvindo atrás da porta tão no começo de sua relação? Onde está a confiança?

Um braço de repente surgiu a sua frente e fechou a porta, e Cinderela deu um pulo para trás, com o coração aos pulos. O cocheiro, criado da fada madrinha, estava apoiado na parede. Ele sorria, mas ela tinha certeza de que ele estava rindo dela.

— Não achava que você fosse desse tipo.

— Eu só queria... Só... — Ela não conseguiu terminar a frase. — Mas não é nada da sua conta. E como você entrou no castelo?

— Você não ia acreditar em mim se eu lhe contasse. — Mesmo no corredor mal iluminado ela podia ver o brilho nos olhos dele, que cruzou os braços sobre o peito. — E então, como está indo o amor verdadeiro?

Ela lhe deu as costas e começou a se afastar. Não tinha tempo para ele naquele momento. E afinal, o que ele sabia sobre as coisas? Para ela, ele havia ficado perto da porta, mas, ao virar em outro corredor e dar uma olhada para trás, teve outro sobressalto ao vê-lo novamente bem atrás dela.

— Você não é a única que consegue se mover em silêncio, sabia?

Bem de perto ela podia perceber a aspereza de sua pele bronzeada e ficou novamente surpresa ao ver como era diferente do rosto macio e pálido do príncipe. Mesmo certa de que não era muito mais velho que ela, o rosto dele era todo vincado, e Cinderela se perguntou se eram marcas de sorrisos. Seus cabelos negros caíam levemente sobre um olho, e ela sabia que, diferente da pele dele, o cabelo era macio ao toque. Ele estava tão perto que podia sentir seu cheiro; quente e quase almiscarado. Ele a fazia lembrar da floresta e de todas as coisas selvagens que viviam lá.

— O que você quer? — Sua voz estava fria, e ela estava parada ereta. Ele não ia intimidá-la. As palavras do rei ainda ecoavam em sua cabeça. *Ela é uma coisinha muito bonitinha.* Sentiu-se incomodada com isso, mas não tinha bem certeza por quê.

— Só vim lembrá-la de sua promessa. Revistar o castelo.

— Eu não esqueci. — Cinderela empinou o nariz. Ele a irritava. Era seu modo de falar. Seu excesso de confiança. Ele a irritava *muito.* — Não preciso de um criado para me lembrar.

— Bom. — Desta vez, foi ele quem se virou e foi embora. — Vou encontrá-la na porta dos fundos da cozinha amanhã às 3 horas da madrugada. Não se atrase. — Ele nem olhou para trás.

Cinderela voltou discretamente para o quarto, deitou-se na cama e ficou olhando fixamente para o teto. Era uma cama mais quente e confortável do que aquela em que dormira por anos, mas ela não conseguia pegar no sono. Quando finalmente adormeceu, seus sonhos foram tomados por pesadelos nos quais corria sem parar pelo castelo à procura de uma saída.

CAPÍTULO 7

Ele era tão lindo...

Durante os primeiros dias, as coisas pareceram melhorar. O príncipe começou a cortejá-la de maneira adequada, e, em meio às provas de vestido e aos preparativos do casamento, eles almoçavam juntos e passeavam pelos labirintos congelados do jardim, que era tão bonito, mesmo em pleno inverno, que quase a deixava sem ar. Eles foram se familiarizando um com o outro, e, enquanto ela lhe contava histórias de sua infância, o príncipe a encantava descrevendo suas aventuras em outras terras. Ela não tirava os olhos dele e, às vezes, tinha de se beliscar para lembrar que estava de braços com ele e que os dois iam se casar.

Ele sempre a beijava, e seus lábios tocavam os dela com suavidade, mas ela ansiava por sentir a paixão que eles compartilharam na noite do Baile da Noiva Real. A maior parte do tempo, porém, ela passava aprendendo tudo o que era esperado de uma noiva real: como andar, como sentar, como falar com dignitários estrangeiros, como tratar os criados e como dançar. E durante todo o tempo as pessoas criticavam sua falta da graça natural da nobreza. Frequentemente ela só queria chorar por causa do esforço, mas então Rose a encontrava e a ajudava, e isso a fazia se sentir ainda pior, pois a lembrava dos próprios atos egoístas que parecia ter cometido séculos atrás. Seu pai estava ocupado montando o jornal de alcance nacional, e a madrasta o ajudava, e quando as duas moças os viam eles estavam tão empolgados em falar de seus assuntos, que isso tornava ainda maior o enorme vazio dentro de Cinderela.

Ela também estava cansada de suas explorações noturnas. O castelo podia mesmo não ser tão grande como sempre imaginara, mas ela tinha começado a se dar conta de que ia levar várias semanas para examinar todos os aposentos. Normalmente não dava para escapar do jantar antes das 23 horas, depois tinha de fingir ir dormir até conseguir se levantar escondida de novo. Ela também se surpreendeu com a quantidade de gente que parecia viver ali. Apesar de seus passos leves, muitas vezes tinha de se encolher atrás de cortinas ou se esconder embaixo de mesas quando criados ou soldados circulavam pelo prédio a fim de conferir se estava tudo em ordem. A maior surpresa, porém, foi descobrir que a tarefa secreta lhe era muito excitante, muito mais do que a nova vida de princesa, especialmente quando quase era apanhada. Nessas noites, ela chegava à porta da cozinha com o rosto corado e tão excitada com a emoção que o caçador morria de rir; um som rústico, da terra, e ela ria com ele, apesar de não ter nada a contar.

Certa noite, sua busca a levou aos aposentos do príncipe. Naquela tarde, eles tinham jogado xadrez juntos, e ela vencera, e ele olhou para ela muito surpreso, como se, além da *coisinha muito bonitinha*, visse a mulher que havia por baixo. A mulher em que ela estava se transformando. Seu coração saltou com a possibilidade de que, no fim das contas, ele pudesse mesmo se apaixonar por ela.

Parada diante do quarto dele, com o chão frio sob seus pés descalços, ela não evitou empurrar um pouco a porta e abrir uma fresta para espiar lá dentro. Não queria despertá-lo, apenas vê-lo dormir e imaginar-se ao seu lado, seus corpos nus entrelaçados em vida como sempre estiveram em suas fantasias.

O quarto estava vazio, e a cama, ainda perfeitamente arrumada. Ela ficou olhando por um bom tempo. O chão frio de repente não era nada em comparação ao calafrio em seu coração. Onde ele estava? Eram quase 3 horas da manhã, e no jantar havia dito que estava cansado. Ela fechou a porta devagar e tentou se concentrar na única razão lógica para a ausência dele, mas aquilo não funcionou muito bem. Ele estava em algum lugar do castelo com outra mulher. Ela se sentiu mal. De repente, quis voltar para seu quarto antigo, com o retrato dele na parede, para o qual podia olhar e imaginá-lo perfeito. Ela tinha sido burra. Uma garotinha burra. Virou-se e correu, com ainda mais dor no coração.

— Ainda não encontrei nada — respondeu para o homem da fada madrinha que, como sempre, estava a sua espera junto à porta da cozinha. — Mas ajudaria se eu soubesse o que estou procurando.

— Confie em mim — disse ele. — Você vai saber quando encontrar.

— Confiar em você? Eu nem conheço você. — Ela sabia que as palavras eram duras, mas não podia ajudar. Ele nem havia tentado evitá-las. Ela se sentia mal. Seu príncipe estava com outra mulher. Ele nem a havia procurado, mesmo depois do clima entre os dois no baile. Ela se lembrou da fada madrinha. O que ela tinha dito? Que ia garantir que Cinderela conseguisse seu príncipe, mas não podia garantir o verdadeiro amor? Como ela tinha sido arrogante em pensar que o amor não seria um problema. Pensou na terceira noz escura guardada nas dobras de seu vestido. O que aconteceria se ela a quebrasse? Será que a vida voltaria a ser como antes? Sentiu um aperto no estômago. Mesmo se realmente quisesse isso, e ela não tinha certeza se já estava pronta, não podia fugir antes de cumprir as ordens da fada madrinha. Prometera revistar o castelo. E tinha de fazer isso.

— Você me conhece muito bem. Assim como conheço você.

— Isso não é verdade. Não sei nada sobre você.

— Sou um caçador — disse ele. — Um que está cansado demais de joguinhos da realeza. Isso serve? — Ela se sentiu estudada pelos olhos escuros dele. — Por que você se apaixonou pelo príncipe? — perguntou ele após algum tempo.

A pergunta surgiu do nada e tão de repente aguçou ainda mais a dor em seu coração, que ela se viu respondendo sem pensar.

— Ele era tão lindo. — Ela não raciocinou que falava nele no passado. Não pensou no que isso significava.

— Acho que é, se você gosta desse tipo de coisa — disse o caçador. — Mas me diga... — Ele se apoiou contra a parede daquele jeito relaxado. — Você não desconfiou nem por um momento de que um homem tem de ser muito tolo e egocêntrico para reconhecer a mulher que diz amar apenas porque o pé dela se encaixa num sapato?

— Não — disse ela, com o rosto corando. — Não, não, porque sou estúpida. Sou uma garota burra e estúpida. É isso o que quer ouvir? — Ela despejou sua raiva sobre ele com lágrimas ardendo nos olhos, então lhe deu as costas e correu de volta para dentro. Não ia chorar na frente dele. Não ia chorar na frente de ninguém.

— Cinderela — chamou ele em voz baixa enquanto ela ia embora. Ela se virou. Ele era apenas uma sombra na noite.

— Eu teria reconhecido você. Eu sempre teria reconhecido você. — A sombra se moveu e em seguida desapareceu, e Cinderela ficou a olhar fixamente à sua procura, perguntando-se exatamente o que ele quisera dizer com aquilo.

Ela se enfiou na cama, com o coração ainda pesado, quando a porta que ligava os dois quartos se abriu, e Rose entrou, apoiada em sua bengala.

— Aonde você foi? — murmurou ela. Não havia acusação na pergunta, apenas curiosidade. Ela caminhou na direção da cama, e Cinderela percebeu como ela se movia com elegância, mesmo com seu pequeno defeito.

— Não estava conseguindo dormir.

— Você estava com o príncipe?

As lágrimas, então, jorraram, ela não conseguiu evitar. Chorou por todos eles, mas principalmente por ela e por Rose e por todos os problemas que seus sonhos infantis tinham causado.

— Eu não o encontrei — murmurou ela.

Ela se debruçou sobre Rose, que a envolveu com os braços e a balançou delicadamente para a frente e para trás como fazia quando eram crianças e Cinderela não conseguia dormir.

— Você dá importância demais ao amor, irmãzinha — disse Rose. — Ele é um príncipe e vai ser rei. Eles sempre fazem o que querem, mesmo que amem a esposa como ele deve amar você. Há coisas que é preciso aprender a ignorar. Você vai ser a rainha, e isso é o que importa. Você vai ser a mãe dos filhos dele. O resto, bem, o resto na verdade não vai importar muito. — Enquanto Cinderela ouvia e sentia as paredes do castelo se fecharem sobre ela. Rose fazia com que essa vida real parecesse tão fácil. Mas como era possível viver sem amor? Sem paixão? Ela preferia estar morta.

— Não sei se consigo — murmurou ela.

— Claro que consegue. Eu ajudo você. — Rose acariciou os cabelos de Cinderela enquanto falava, passando as mãos gentilmente sobre os cachos ruivos volumosos. — Mas seria bom para você amá-lo só um pouco menos. A vida vai ser mais fácil assim. Sabe, se aprender a jogar com inteligência, pode fazer coisas muito boas para o reino. Melhorar a vida das pessoas.

— Eu não quero jogar nada — soluçou Cinderela. — Eu só queria me apaixonar e morar no castelo.

— Bem, metade não está mal — disse Rose. — A vida não é um conto de fadas, Cinderela. Eu queria que fosse, mas não é. E talvez ele ame você como você o ama. Quem sabe?

Rose ficou no quarto dela até que finalmente adormeceu. Cinderela estava mesmo precisando daquele carinho e afeto. Andava tão solitária. Rose também devia estar.

— Amo você, Rose — murmurou ela quando o nó em seu estômago finalmente se desfez e ela foi tomada pelo sono.

— Amo você também, Cinderela — disse a irmã.

O príncipe continuava a lhe dar muita atenção, mas ela achava difícil manter a fachada de alegria, enquanto ele claramente mantinha uma amante às escondidas. Cinderela conferiu o quarto dele duas outras vezes nas noites seguintes, e em nenhuma delas o encontrou lá. Ela lhe perguntara se havia dormido bem e se seus aposentos eram confortáveis. Ele sempre respondia sim, e ela mantinha o sorriso no rosto mesmo louca de vontade de gritar com ele e chamá-lo de mentiroso. No terceiro dia, ela se refugiou em seu quarto alegando cansaço com todos os preparativos do casamento e mandou que as criadas lhe preparassem um banho quente.

Depois que elas foram embora, Cinderela percebeu o ratinho marrom que as havia seguido até ali.

Ele tinha uma cicatriz nas costas, e ela se surpreendeu com o sentimento de afeição que a tomou ao ver a criaturinha conhecida.

— Como você entrou aqui? — perguntou. Ela se abaixou, estendeu a mão para ele e morreu de rir quando ele correu e subiu nela, e suas patinhas fizeram cócegas em sua pele. — Você é um pequeno aventureiro, não é, sr. Ratinho? — Ela o colocou com cuidado sobre uma almofada na cama. Talvez na verdade você seja sra. Ratinha — disse ela, desfazendo os laços de seu vestido. — Mulheres são mais confiáveis.

Seu vestido deslizou até o chão e, enquanto tirava suas peças íntimas, era bom sentir o ar em sua pele. Apesar de estar quente, ela tremeu de leve com a sensação agradável. O ratinho se levantou nas patinhas de trás com os olhos escuros olhando atentamente para ela. Ele era um bichinho esquisitinho, mas ela gostava de sua companhia.

— Aonde você acha que ele vai toda noite? — disse baixinho, enquanto seu corpo nu entrava aos poucos na banheira quente e ela fechava os olhos. — Será que é tão difícil me amar? — Ela deu um suspiro e então abriu os olhos para pegar a esponja e o sabonete. O ratinho estava parado na borda do outro lado da banheira. Ele era mesmo uma figurinha interessante. Ela passou o sabonete na esponja e a esfregou sobre os seios pequenos e firmes e a barriga lisa e durinha. Sua pele se arrepiou. O príncipe tinha despertado alguma coisa nela no baile, e, mesmo se dando conta de que o amor é uma ilusão, o fogo da paixão ainda queimava. — Será que era tudo por causa dos sapatinhos? Será? Por que ela faria isso por mim? A voz dela ficou mais baixa conforme o corpo reagia ao próprio toque. — Grande fada madrinha — murmurou ela e se perdeu em sua fantasia.

Ela fechou os olhos, desligou-se totalmente do ratinho e do castelo à sua volta e voltou à varanda durante o Baile da Noiva Real. Ela e o príncipe estavam se abraçando. As mãos dela se movendo pelo corpo dele. Dessa vez, entretanto, em sua cabeça ele estava bronzeado, e mais rústico, e quando ele a beijou ela sentiu a barba por fazer arranhando seu rosto. Ela arfava enquanto seus dedos se moviam, imaginando a boca dele entre suas pernas e depois subindo para penetrá-la, e, quando se aproximava do clímax, se sentiu cercada de cheiros da floresta.

Os gritos de "Ladrão! Ladrão! Pegaram um ladrão!" de repente a despertaram de sua fantasia. Sem notar que o ratinho fugira correndo dali, saiu da banheira e vestiu um robe sobre o corpo molhado antes de ir até a janela, afastar a cortina grossa e elegante e olhar para o pátio abaixo. A vida no castelo era mantida em relativo silêncio a pedido da rainha que sempre estava com dor de cabeça ou sofrendo por causa de uma doença ou outra. Contudo, naquela manhã, havia muito barulho lá fora quando chegou a carruagem de um conde, identificada pela bandeira azul que tremulava à frente, e um homem gordo com pernas impossivelmente finas e de meias desceu sem jeito. Atrás da carruagem havia uma carroça que levava o que parecia ser uma gaiola grande de madeira. Cinderela franziu o cenho. Será que aquele era o prisioneiro? Ela tinha certeza de que havia alguém lá dentro.

Enquanto o conde era conduzido ao interior, quatro criados desceram as escadas e puseram no chão a gaiola de madeira. Vários dos criados comuns e comerciantes que trabalhavam ali por perto se aproximaram correndo assim que o conde entrou.

— Ladrão! — gritou alguém para quem quer que estivesse preso na gaiola e enfiou uma vara entre as barras. — Eles vão mandar você para a Estrada dos Trolls! — Os criados do palácio o afastaram, mas isso não acabou com os gritos e xingamentos.

Cinderela sentiu um frio no estômago. Um ladrão. Seus nervos vibraram. Não podia ser, podia? Devia haver centenas de ladrões na cidade, não? Ela empurrou e abriu a janela e debruçou-se para fora no ar frio da manhã.

— Buttons? — chamou ela, sem se preocupar com todos que viravam a cabeça para cima e olhavam para ela vestida apenas de robe. — Buttons? É você?

Uma mão pálida surgiu entre duas barras e acenou sem forças.

— Oh, não — murmurou Cinderela, recuando cambaleante para o interior do quarto. — Oh, não. — Ela pegou as roupas. — Rose! — gritou. — Rose! — Aconteceu uma coisa horrível!

CAPÍTULO 8

A Estrada dos Trolls

As provas contra Buttons, ou Robin, como descobriram ser seu nome verdadeiro, eram indiscutíveis. Quando foi apanhado com a mão na massa furtando de um conde duas colheres de prata de uma coleção de 123 — que deveria ser de 130 — não demorou muito para que os mestres de várias casas nobres ligassem as visitas do garoto mensageiro ao desaparecimento de pequenos objetos. Isso também era verdade no castelo, onde os funcionários da cozinha confirmaram que muitos pães frescos e queijos desapareciam, assim como uma garrafa de vinho aqui outra ali da adega, de vez em quando. Mesmo alguns itens que simplesmente não foram encontrados acabaram adicionados à lista de crimes de Buttons.

Não houve um julgamento de verdade. Ele era, afinal de contas, acusado de crimes contra o rei.

Apesar de existirem juízes para as pessoas comuns, mesmo que os julgamentos fossem assuntos bem rápidos e desorganizados, naquele caso, Buttons era tratado a portas fechadas e na presença do rei, do príncipe e do conselho de nobres. Não foi surpresa quando foi declarado culpado e o condenaram a tomar a Estrada dos Trolls.

Cinderela e Rose ficaram esperando do lado de fora no corredor, de mãos dadas bem apertadas, até que os nobres, vestidos em suas roupas elegantes e cheias de peles, começaram a sair, já discutindo o belo almoço que os esperava e esquecidos do destino de Buttons. As duas garotas olharam uma para a outra e sabiam o que devia ser feito. Rose ia tentar falar com o rei. Cinderela ia cuidar do príncipe.

O coração de Cinderela estava acelerado quando bateu à porta dos aposentos dele e entrou. Estava acostumada a ver o quarto principal à noite e no escuro, apenas sombras na escuridão, mas o espaço amplo era lindamente decorado com tons de creme e branco entremeados de fios azuis e púrpura. Percebeu que o sapatinho de diamante tinha sido jogado sem cuidado em cima de um guarda-roupa, tão alto que mal podia ser visto. Ela se perguntou quando ele deixara de merecer a almofada de veludo.

— O que está fazendo aqui? — perguntou o príncipe, surpreso ao vê-la. Ele estava tirando os trajes formais e por isso exibia o torso nu.

— Excitada sobre a Estrada dos Trolls? — Ele com certeza estava. Os olhos brilhavam e seu rosto estava corado. — Você já foi alguma vez?

Cinderela sacudiu a cabeça e olhou para o peito dele; largo e liso e exatamente como ela imaginava em suas fantasias. Uma corrente de prata brilhava sobre a pele. Ela engoliu em seco e tentou concentrar seus pensamentos.

— Não, não estou excitada. Estou aqui para suplicar misericórdia para esse serviçal.

— O quê? — Ele franziu o cenho — Você está brincando, não está? Ele é um ladrão. Que importa ele para você?

— Ele é só um garoto — disse ela. — E ele não roubou nada muito terrível.

— E como você sabe disso?

— Ah... bem, eu o conhecia. Mais ou menos. — Ela sentiu o rosto enrubescer. — Ele às vezes me levava coisas. Carvão quando estava frio. Ele também dava coisas para outras pessoas.

— Não tinha percebido que o casamento de sua mãe a fizera descer tão baixo a ponto de depender de presentes de criados desonestos.

— Não acredito que ele achasse estar fazendo algum mal. Ele é um bom...

— Cale a boca. — O rosto do príncipe estava sério quando ele a silenciou. Sua boca tinha se apertado em uma linha fina. Ele não parecia mais tão bonito. — Ele roubava de *nós*. Ele vai para a Estrada dos Trolls e você estará sentada ao meu lado quando ele cair. E nunca mais vai falar sobre ele comigo. Entendeu?

— Mas...

— Você tem de parar de se comportar como uma plebeia — murmurou ele, vestindo uma camisa limpa. — E de falar como uma... Sua voz... é muito rústica. Você precisa se concentrar em suas aulas de dicção e deixar as questões de justiça real para mim e meu pai.

As palavras dele doeram. Ela não imaginava que ele pudesse machucá-la ainda mais depois de fazê-la notar que seu carinho esfriara, mas, ao ver escrito no rosto dele que a estava evitando e ouvir aquelas palavras, sentiu vontade de chorar de novo.

— Por que está se casando comigo? — perguntou ela em voz baixa. — Você não me ama.

— Eu tenho de casar. — Ele olhou para ela, e Cinderela viu tristeza em seus olhos e se perguntou quem realmente era o motivo daquilo. — Todo o reino está esperando por isso. Se eu abandoná-la agora, vão achar que sou insensível e caprichoso.

— Talvez eu devesse ir embora — disse Cinderela. Ela descobriu que, depois de seus sonhos infantis de viver no castelo, a ideia de voltar para sua velha casa não era tão terrível, afinal de contas. Mesmo com o frio e a pouca comida.

— Você não pode. Sou seu príncipe, e você é uma plebeia. Eu ia parecer muito mais tolo se você fosse embora!

— Eu achei que você me quisesse — disse ela, e uma lágrima escorreu por seu rosto. Ela não sabia o que fazer. Como aquilo poderia ser uma vida de verdade?

— Não sei o que aconteceu nas duas noites dos Bailes da Noiva Real. — O príncipe se jogou em uma poltrona e Cinderela se sentou na beira da cama. Eles se olharam, desta vez como estranhos honestos e não supostos pombinhos apaixonados. — Eu não estava à procura de amor. Eu já tivera minha cota de beleza. Eu queria uma esposa prática, alguém que meu pai aprovasse. Alguém que entendesse as obrigações de ser uma rainha. — Ele olhou para Cinderela. — Minha mãe era nobre e ela ainda acha isso difícil.

Cinderela pensou de novo em Rose, em sua cabeça fria, seu coração quente e seu senso de distanciamento do mundo. Rose nunca falava de garotos nem de paixões nem tinha o retrato do príncipe pendurado na parede.

— E lá estava você — disse ele, indiferente. — E do momento em que a vi ao momento em que eles a encontraram, fui tomado por um desejo que nunca tinha sentido. Achei que amava você. Teria morrido por você. Mas aí você chegou aqui, e tudo mudou...

— Aquela... — Cinderela se esforçava para encontrar a palavra certa. — Mas aquela paixão que nós sentimos na varanda com certeza ainda existe, não?

— Você é como a cópia perfeita de uma garota. Eu *devia desejá-la*. Você é linda. Quando olho para você, lembro-me de como me senti naquela noite, mas nada daquilo existe mais. Não consigo me forçar a desejá-la.

Cinderela olhou para os sapatos. Cetim azul para combinar com o vestido, mas sem magia neles para acender uma chama naquele homem que ela estava tão certa de ser seu destino.

— O que vamos fazer? — perguntou ela.

— Vai melhorar. — Ele se inclinou para a frente e apertou a mão dela. — Não vai lhe faltar nada. Você vai ter uma vida boa. — A cada frase, Cinderela sentia as paredes do castelo se apertarem ao seu redor. A voz dele endureceu, como se tocá-la lhe desse nojo. — Mas você vai se comportar como uma rainha e vai à Estrada dos Trolls amanhã ao anoitecer. — Cinderela sentiu as entranhas se revirarem. Ela não podia ajudar Buttons. Ela não tinha esse poder.

Rose não teve melhor sorte com o rei, que nem mesmo se interessou pela ideia de que talvez ele estivesse fazendo algo bom com as coisas que furtara. Um ladrão era um ladrão, e o conde estava com raiva. O rei não ia ficar do lado de um criado sem importância contra um homem com quem contava por fundos e corpos em tempos de guerra. Buttons iria para a Estrada dos Trolls e haveria um cortejo real até lá para lembrar as pessoas de que, apesar de ser um rei generoso, sua justiça também devia ser temida.

Naquela noite, a busca de Cinderela não foi muito animada. Ela olhou bibliotecas e escritórios, cheios de livros sobre leis e ciências, onde os secretários do rei escreviam novas e velhas leis. Desceu até as cozinhas e adegas de vinhos, mas as pessoas ainda estavam trabalhando lá (o coração do castelo na verdade nunca dormia). Contudo, enquanto investigava se deu conta de que, se algo estranho que sua fada madrinha malvada — como ela começou a pensar — queria tanto estivesse escondido ali, não estaria guardado onde gente de todo tipo passava o tempo todo. A cabeça e o coração estavam tomados por pensamentos sobre Buttons, trancado nos calabouços sem chance de perdão. Ele tinha sido tão bom para ela e outras pessoas, e mesmo assim ninguém se mexeu para salvá-lo. Contudo, como poderiam, se nem Cinderela nem Rose tinham conseguido que o rei ou o príncipe interferissem? O castelo mergulhou em sono profundo às 3 horas de novo, e ela caminhou discretamente pelos corredores estreitos por trás das cozinhas até chegar à portinha dos fundos.

O caçador estava esperando, ele sempre estava. Cinderela ficou surpresa ao perceber o alívio que sentiu ao vê-lo, e ele ouviu enquanto ela disparou a falar sobre o destino de Buttons. Ele não falou até que ela tivesse terminado, então olhou fixamente para a noite, onde em algum lugar uma coruja piou.

— A Estrada dos Trolls — disse ele, pensativo.

— Ele não vai conseguir sobreviver. Ninguém nunca sobrevive. — Cinderela pensou em todos os presentes que Buttons tinha lhe levado. Presentes aos quais ela não dera tanta importância, sem ver a consequência que poderiam ter no futuro daquele rapaz irreverente. Ela queria suas histórias e a brincadeira que fazia com ela, mas nunca tinha prestado atenção aos riscos que ele sempre corria. Como ela tinha sido idiota! Sua antiga vida tinha terminado apenas poucas semanas antes, mas parecia uma eternidade. — Nós precisamos ajudá-lo. — Ela olhou para o homem estranho que tinha se tornado sua companhia de todas as noites. — Você pode ajudá-lo, não pode? Será que podemos tirá-lo das masmorras? Dar a ele algum dinheiro e comida e mandá-lo para a floresta? Íamos precisar de uma distração, é claro, e talvez de mais gente para ajudar, mas se você tiver amigos...

— O ratinho — interrompeu ele. Sua voz estava baixa, e os olhos, pensativos, enquanto o vento do inverno agitava seus cabelos escuros. — Dê o ratinho a ele e diga que o guarde no bolso até que o joguem da ponte.

— Que ratinho? — Cinderela franziu o cenho. De que ele estava falando? — Será que *você* não pode fazer alguma coisa?

— O ratinho que tem seguido você por aí. *Esse* camundongo. E estou fazendo alguma coisa. — Ele se apoiou na soleira da porta, perto dela. — Você só precisa confiar em mim.

E ela percebeu, por mais que isso a incomodasse, que confiava.

Começava a escurecer quando Cinderela pegou o ratinho e o guardou no decote do vestido junto com um lenço roxo enquanto Rose observava horrorizada apoiada em sua bengala.

— Mas o que está fazendo?

— Não tenho muita certeza. — O ratinho se remexeu contra seu peito e Cinderela afrouxou as fitas na frente do vestido para evitar que ele sufocasse. Ele fazia cócegas, isso era certo. — Vou entregá-lo a Buttons. Parece que ele pode ajudá-lo.

Rose pegou o pesado casaco de pele e o vestiu.

— Você sabe o que é um troll, não sabe? Não acho que vá ter medo de um ratinho. Mas, afinal, quem disse isso a você?

— Um amigo. — Ela tentou dizer aquilo como se não tivesse importância, mas não funcionou. Rose ficou um tempo em silêncio e em seguida pegou o próprio casaco de pele clara de Cinderela e o jogou sobre seus ombros.

— Cinderela, querida, nós não temos amigo. — Ela sorriu. — Mas espero, seja lá quem for, que saiba alguma coisa que não sabemos.

— Eu também. — Ela olhou pela janela para o cortejo que se reunia lá embaixo. Ia ser uma bela cerimônia, pensou. Se não fosse tão mortal. Além dos muros do castelo, ela via que o caminho que levava até a ponte estava iluminado por tochas grandes que afundavam em sombras o resto da cidade. O caminho estaria repleto de gente sorridente dos dois lados, todos tomados pela excitação de ver a realeza e pelo frenesi provocado pela proximidade da morte violenta. Belas e assustadoras. Era assim que ela via as luzes. Ela se perguntou como o pobre Buttons estava lidando com aquilo.

— Temos de ir — disse Rose enquanto abria a porta do quarto. — Devem estar à sua espera.

Lá fora no pátio Rose encontrou os pais junto de Ivy e do visconde na multidão e se juntou a eles. Cinderela ficou satisfeita ao ver que eles pareciam sérios e claramente não tinham sido contagiados pela animação como tantos outros. Lado a lado, a madrasta e Rose pareciam elegantemente distantes, como ela imaginava que deviam ser todas as mulheres da nobreza. Até seu pai tinha assumido um ar sofisticado e suas costas estavam mais aprumadas: agora ele tinha de novo um jornal para fazer. Ela se perguntou como ele ia descrever aquilo.

Ela balançou a cabeça e deu um leve sorriso para eles, que sorriram de volta, e pela milésima vez desejou ter percebido a sorte que tinha com uma família como aquela em vez de ter vivido suas fantasias sobre a mãe morta e um amante real.

A multidão fez silêncio com o som forte das correntes e o ranger do atrito das engrenagens do elevador que trazia o prisioneiro das masmorras que ficavam bem abaixo da terra. Cinderela não sabia se era sua imaginação, mas a noite pareceu ser tomada por um fedor de podridão e umidade como se o ar que vinha junto com a jaula não fosse renovado em muito, muito tempo. Viu seu cavalo cinza a sua frente, um presente de seu noivo, esperando para ser montado, e, depois que os criados e servos que levavam as tochas recuaram, percebeu que estava quase sozinha quando o portão se abriu. Buttons estava ali, apertando os olhos apesar de ser quase noite, com um guarda assustador de cota de malha de cada lado. Eles o empurraram para a frente. Suas mãos estavam amarradas à frente e ele tropeçou, mas não caiu. A multidão gritou algumas piadas.

— Esperem! — chamou Cinderela quando estavam prestes a jogá-lo na traseira de uma carroça para a viagem fria até seu destino. Todos os olhos se voltaram para ela. O príncipe, já montado, tentou gritar algo para ela, mas o rei segurou seu braço. Repreender sua futura esposa em público não seria nada cavalheiresco.

Ela se aprumou e caminhou na direção de Buttons. Quando chegou perto dele, tirou o camundongo e o lenço de onde estavam aninhados contra seu coração pulsante.

— Um rei deve ser justo, e a justiça deve ser aplicada — disse ela. Sua voz soava alta e clara acima de toda a multidão impaciente no pátio, dos cavalos que relinchavam e dos passos das botas. — Mas uma princesa deve ser boa e gentil. Por isso, em honra de meu futuro marido e de sua majestade, o rei, ofereço a este traidor um presente de boa sorte. — Ela estendeu a mão por um instante e enfiou o conteúdo no bolso de Buttons. — E desejo a ele um fim rápido e indolor. — O olhar dela se fixou no de Buttons por um instante antes de murmurar com pressa: — Guarde isso com você. — Ele respondeu com o aceno de cabeça mais leve que conseguiu.

Depois de entregar o ratinho, Cinderela se voltou para encarar o rei e fez uma grande reverência, antes de se dirigir a seu cavalo que a esperava.

— Seu gesto foi muito digno de uma princesa real — o rei fez uma leve reverência com a cabeça para ela. Até o príncipe lhe deu um meio sorriso. Ela reservou o dela até olhar para Rose, parada junto do muro do castelo para ver o cortejo sair, que respondeu com um grande sorriso de aprovação. Cinderela, sem dúvida, estava aprendendo a jogar aquele jogo.

Ela não olhou para Buttons nem uma vez durante o cortejo pelas ruas e puxou o capuz de sua capa com bordas de pele sobre a cabeça para que ninguém visse que ela não compartilhava da mesma excitação das outras pessoas. Os outros vibravam quando a carroça passava e de vez em quando alguma coisa podre era jogada e acertava o pobre do rapaz já cheio de frio. Embora ele já estivesse seguindo para a morte, todos pareciam querer puni-lo ainda mais. Ela examinou a multidão, iluminada como estava pelas tochas que queimavam forte ao longo do caminho, e se perguntou quantos deles Buttons havia ajudado com presentes em momentos de desespero. Talvez os gritos desses fossem os mais agressivos com medo de que ele pudesse entregá-los quando visse a ponte bem de perto.

Finalmente chegaram aos limites da cidade, e a ponte assomou à frente deles, com a floresta escura do outro lado. O estômago de Cinderela se revirou ao ver a enorme pedra que se erguia das margens elevadas do rio morto lá embaixo. O pai e a madrasta nunca as haviam levado ali quando crianças nem ela nunca fora brincar de prisioneiros e trolls perto da beirada. A ponte era mais longa do que ela esperava, talvez uns sete metros até o outro lado, e, assim que o guardião da ponte armado até os dentes se afastou e acendeu as tochas que havia ali, um rugido terrível ribombou lá de baixo, tão grave e raivoso que ela tinha certeza de que o chão sob seu cavalo estremeceu com ele.

Eles tiraram Buttons da carroça e o cortejo real observou em silêncio enquanto ele era entregue nas mãos dos guardas da ponte. Ele parecia pequeno entre eles. A Guarda da Ponte era conhecida pelo tamanho e pela natureza temível e silenciosa de seus membros, e tudo o que era possível ver sob seus elmos era a barba de cada um deles. Cinderela achou que pareciam ursos com armaduras e tremeu ao ver o amigo entre eles. Buttons não olhou para ela, mas Cinderela ficou orgulhosa ao ver que ele não estava chorando nem implorando por piedade. Seu olhar era de desafio.

A noite estava escura em torno deles. O lusco-fusco fora devorado na hora de caminhada até a ponte, e, enquanto Buttons, com as mãos desamarradas, caminhava até o meio da ponte, Cinderela desejou que todas as tochas se apagassem, assim ela não teria de vê-lo.

— Você foi considerado culpado de furto e traição — declarou para ele o arauto real. — Tem algo a dizer antes da execução da sentença?

Buttons apenas sorriu sob a luz tremeluzente. Era aquele seu sorriso irreverente, aquele que ele sempre tinha, que era natural em seus tempos de amizade. Um sorriso corajoso. O tempo todo ele soube dos riscos que corria e nada disso o impedira. Ela não tinha prestado atenção em suas palavras de alerta sobre a vida no castelo, mas agora entendia. Ela o via apenas como um garoto, mas ele era muito mais maduro que ela.

— Vou voltar para buscar mais prata — disse Buttons. — Tem muita para distribuir por aí, e as pessoas estão com fome. — Ele olhou para baixo. — Não com tanta fome quanto parece estar o troll, vejam bem, mas talvez eu não seja do gosto dele.

— Faça — disse sério o rei, sem se impressionar com a falta de arrependimento de seu súdito.

Buttons puxou o lenço e o ratinho do bolso e seu sorriso sumiu ao olhar para aquilo sem entender nada. Cinderela se esforçou para tentar ver. Alguma coisa estava acontecendo ali, algo estava mudando.

O maior dos guardas da ponte puxou uma alavanca pesada de madeira na beira do penhasco, e ela rangeu ao ser arrancada das garras do inverno e posta em movimento. O alçapão se abriu e Buttons caiu e desapareceu de vista para o leito seco do rio lá embaixo. O troll rugiu. E depois rugiu mais.

— Por favor. — Cinderela pousou a mão no braço do príncipe. — Podemos ir, agora? — Se fosse forçada a ouvir os gritos do pobre Buttons, isso ia rasgar seu coração.

— Claro que vamos — disse o príncipe, já virando seu cavalo. — Não somos bárbaros. — Cinderela olhou para seu rosto perfeitamente belo e se perguntou se ele tinha ideia de como aquilo soava ridículo depois do que eles tinham acabado de fazer.

CAPÍTULO 9

Um segredo

O jantar estava à espera deles no castelo, mas Cinderela não conseguiu comer. Em vez disso, ficou brincando com a comida no prato até fazer um monte num lado, revelando que ela não queria enganar ninguém, mas agora a situação era outra — ela não era criança e a comida não era pouca —, ninguém brigou com ela ou a forçou a comer. Ela se perguntou se talvez fosse porque ninguém tivesse percebido. O príncipe e o rei estavam conversando e rindo, e a rainha só ria de vez em quando e fazia um comentário sobre a qualidade excelente da carne de veado e sobre como esperava que o clima melhorasse em breve para que todos logo pudessem recomeçar a caçar.

As entranhas de Cinderela se reviravam quando um criado levou seu prato. Estava louca para encontrar o caçador e saber de seu plano para salvar

Buttons. Será que era sequer possível? Sempre houve rumores de gente que sobrevivia à Estrada dos Trolls e fugia para a floresta, mas, até onde sabia, nenhum deles jamais voltara à cidade, por isso tudo não passava de mitos e lendas. O caçador não chegaria antes das 3 horas da madrugada, e ainda faltavam quatro longas horas até lá — tempo que ela deveria passar revistando o castelo em busca do que quer que sua fada madrinha desejasse tanto. Tinha entrado em tantos aposentos, que estava certa de que nunca encontraria nada, mas e aí, o que aconteceria? Será que a fada madrinha iria *transportá-la* para a Estrada dos Trolls por sua inutilidade? Do jeito que a barganha tinha sido feita entre as duas, ela não ficaria surpresa. Olhou para o outro lado da mesa de mogno, para o príncipe cujo rosto ficava ainda mais belo à luz de velas.

Ela também queria saber para onde ele desaparecia toda noite. Era algo tão simples como uma criada? Ou uma das outras damas da corte? Ela se perguntou por que se importava; com toda a sua preocupação em relação ao que ele sentia por ela, na verdade não pensara muito em como os próprios sentimentos tinham mudado. Será que tudo nunca passara de paixão adolescente? Ela tinha se apaixonado por um retrato e um sonho. A realidade era diferente. Mesmo assim, a imagem do quarto dele vazio não lhe saía da cabeça, e a curiosidade estava começando a se tornar insuportável.

Ela iria segui-lo, decidiu, quando a torta de maçã chegou decorada com creme de chantili. O aroma das maçãs doces era como perfume no ar e a boca de Cinderela de repente se encheu de água. Seguir o príncipe e revistar o castelo não eram na verdade tarefas distintas, especialmente se ele fosse a algum lugar que ainda não tivesse explorado. Ela deu uma mordida na torta. A massa derreteu em sua língua e o sabor de maçã com canela explodiu com força em sua boca. Era isso o que ia fazer. Ela ia segui-lo.

Depois do jantar, enquanto o rei e o príncipe bebiam brandy e discutiam assuntos que homens conversam quando as mulheres não estão presentes, Cinderela correu de volta para o quarto e, quase sem fôlego, trocou seu vestido desconfortável e formal por outro mais largo e leve para que pudesse se mover com rapidez e em silêncio. Descalça, voltou até a sala de estar e se escondeu atrás de uma cortina grossa, de onde ficou espiando as portas duplas por uma fresta. Não teve de esperar muito. Logo o príncipe saiu, despedindo-se do pai com um educado aceno de cabeça e deixando o rei com o fogo, o silêncio e seus pensamentos.

Cinderela viu seus ombros se curvarem assim que as portas fecharam, e ele esperou um pouco antes de dar o primeiro passo. Ela o deixou ganhar distância, então saiu de trás das cortinas e o seguiu, mantendo-se perto das paredes. Era tarde, e quase todos no castelo dormiam em seus aposentos; o único barulho era o ruído dos saltos dele sobre o mármore ecoando enquanto ela o seguia furtivamente.

Ela ficou arrasada quando chegaram aos aposentos do príncipe. Cinderela ainda estava nas escadas, espiando com um olho de trás da parede para ver o que ele fazia. Ele parou diante da porta. Será que seria a primeira noite em que ele iria mesmo para a cama? Só faltava essa! Não...

O príncipe apoiou a testa contra a porta fechada e respirou fundo, como se lutasse contra um dilema interno. O coração de Cinderela se acelerou quando ele cerrou os dentes e aprumou a coluna. O que o estava atormentando? Com certeza se estivesse apenas se encontrando com uma criadinha isso não provocaria nenhuma crise interna. A menos que ele estivesse começando a se apaixonar por Cinderela, é claro. Seu coração se alegrou um pouco com isso, ela queria que ele a amasse. Ele tornou a suspirar, bateu a cabeça de leve na madeira duas vezes, em seguida voltou. E Cinderela foi atrás dele.

Os alojamentos dos criados, com a exceção dos camareiros pessoais do rei e da rainha e dos lacaios, ficavam principalmente nos níveis inferiores do castelo, e era para lá que Cinderela esperava que ele fosse. O príncipe, porém, não a conduziu na direção desse burburinho de calor e vida. Em vez disso, seguiu em frente, seus passos firmes e decididos, com mais que um sentido de urgência, e percorreu vários corredores, que faziam curvas e levavam para o coração do castelo. Parecia longe dos lugares que Cinderela conhecia, onde as janelas deixavam entrar muita luz. Ela nunca tinha visto antes aquela parte do castelo. Ela se perguntou de quantos meses ia precisar para encontrar aquele lugar sozinha.

Os corredores eram mais escuros, com apenas alguns candeeiros espaçados nas paredes, e aqui e ali um quadro ou uma estátua tinham sido cobertos para protegê-los da poeira. O ar era frio e cheirava um pouco a mofo, como se as lareiras dos aposentos ao redor estivessem apagadas por muitos anos. A sombra do príncipe se esticou muito às suas costas, e Cinderela deixou que ela a conduzisse em seu rastro. Por um instante se perguntou o que faria caso se perdesse dele. Será que conseguiria encontrar o caminho de volta para o castelo que conhecia? Ou ia ficar andando por aqueles aposentos gritando até morrer? Ela desejou ter pegado um pedaço de pão do jantar e deixado uma trilha de migalhas para seguir de volta caso precisasse. Ela tremeu e se aproximou um pouco mais. Não iria perdê-lo. Ela não tinha escolha.

Finalmente chegaram a uma escada de pedra em caracol que o príncipe começou a subir. Cinderela foi atrás. Subiram por vários minutos, e Cinderela torcia para que ele não ouvisse sua respiração que se tornava cada vez mais ofegante. Ali não havia luzes, mas uma brisa fria ziguezagueava pelo ambiente restrito e de vez em quando havia pequenos buracos cortados na pedra, talvez para arqueiros de épocas passadas atirarem quando os reinos ainda não tinham aprendido a manter as batalhas longe de suas capitais. Através deles, traços de luar aterrissavam em faixas de pedra, e Cinderela percebia vislumbres de partes abstratas do corpo do príncipe; uma perna, um sapato, uma parte do torso... O ar foi ficando mais frio até que as escadas chegaram a um patamar.

Ela achou que eles deviam estar em uma das torres, mas em vez disso era outro corredor. Não havia, porém, nada aqui que pudesse parecer decorativo. Nas paredes, havia apenas teias de aranhas penduradas, que se estendiam em seus cantos, cobertas de poeira. Pedacinhos de pedra penetraram em seus pés descalços quando se escondeu nas sombras e viu o príncipe finalmente parar diante de uma porta. Diferente de outras por quais passaram, essa tinha sido lustrada recentemente. Sua madeira escura reluzia, o ferro de sua decoração e de suas dobradiças era negro e brilhava. O príncipe levou a mão à nuca e soltou uma corrente. Uma chave dourada brilhou naquela escuridão, e Cinderela se apertou contra a parede quando ele olhou ao redor antes de enfiá-la na fechadura.

A porta se abriu e ele desapareceu. Cinderela correu a tempo de ouvir o barulho de metal contra metal quando ele tornou a trancar o lugar por dentro. Seu coração pulava, e ela encostou os olhos nas pequenas frestas onde ficavam as dobradiças. O que ele estava fazendo ali? O que guardava ali que era tão precioso que havia trancado tão distante do centro ativo do castelo? Ele era o príncipe, com certeza não tinha de se preocupar com que lhe roubassem nada. Por que esconder o que quer que fosse? Por que visitar esse lugar apenas no meio da noite quando todo mundo estava dormindo? Ela não conseguiu ver nada pela frestinha e, em vez disso, encostou o ouvido na porta e então ouviu alguma coisa: o arrastar de uma cadeira e depois sua voz. Mas ela não entendia o que ele dizia. Esforçou-se, concentrou-se e até prendeu a respiração. Só havia uma voz: a dele. Com quem ou o que ele estava falando?

Encarou a porta desejando poder ver através da madeira. O que havia ali dentro que o deixava tão misterioso?

Um segredo.

Era por isso que ele guardava a chave em torno do pescoço. Por isso ele vinha no meio da noite. E por isso mantinha o que quer que fosse naquela parte esquecida do castelo. O rei não sabia sobre aquilo. Ninguém sabia. Seu rosto corou de excitação. Seria aquilo o que a fada madrinha queria?

Ela tremeu no silêncio e no frio por uma hora, ouvindo a voz dele ininteligível através da madeira. Então, quando a chave girou outra vez na fechadura, ela correu de volta para as sombras, dessa vez do lado mais distante. O lugar do esconderijo não importava. Ele estava perdido nos próprios pensamentos quando saiu de lá de dentro e logo que trancou a porta botou a chave e a corrente de volta no pescoço e as enfiou embaixo da camisa antes de voltar para a escada, sem consciência da presença de Cinderela atrás dele.

Dessa vez ela prestou atenção ao caminho. Suas buscas no castelo haviam aperfeiçoado suas habilidades de localização e a cada curva que faziam ela registrava uma pequena marca do local, fosse um quadro coberto ou uma rachadura na pintura da parede. Por fim, as luzes foram ficando mais claras e ela reconheceu onde estava.

Parou e deixou que o príncipe seguisse seu caminho, sabendo que ele ia voltar para seu quarto. Qualquer que fosse a necessidade que o movera, fora saciada pelo conteúdo misterioso daquele quarto trancado.

Em algum lugar um relógio soou como se para recebê-la de volta ao mundo de luz, calor e beleza. Ele bateu três vezes. O caçador devia estar à espera. Seu coração pulou, e ela desceu correndo as escadas com os cabelos ruivos esvoaçantes em seu encalço, como chamas contra a parede. Talvez ele tivesse boas notícias sobre Buttons. E ela mesma dessa vez tinha notícias.

Ela chegou à porta dos fundos sem fôlego e a empurrou com força para abri-la. Ele estava encostado na parede, como sempre.

— Acho que descobri alguma coisa! Tem um quarto! Em um lugar escondido! E ele guarda a chave numa corrente no pescoço. O príncipe! É aonde ele vai à noite. Acha que é isso o que ela quer?

Ela estava saltitante de tão animada, por isso levou um instante para que se desse conta de que havia algo errado. O caçador estava encostado contra a parede, verdade, mas não com sua elegância lacônica habitual. Estava de cabeça baixa e com um braço encolhido contra o corpo onde uma mancha escura se espalhava por suas roupas. O estômago dela quase saiu pela boca.

— O que aconteceu? — Ela saiu sem se preocupar com o frio congelante que chegava a queimar seus pés descalços. — Você está ferido. — Por fim, ele ergueu os olhos.

— Vou ficar bem.

Os olhos dele estavam negros de dor, e a boca bem apertada. O rosto estava sujo de sangue.

— Não, não vai. — Sem pensar, ela puxou um braço dele por cima de seus ombros. — Venha. — Ele era pesado para ela, que precisou usar toda a força para permanecer de pé. Cinderela tentou murmurar palavras de estímulo enquanto tentavam percorrer o caminho de volta até seu quarto. Com a luz, ela viu que metade da túnica dele estava ensopada de sangue e que sua pele bronzeada estava pálida. Ela segurou as lágrimas que de repente brotaram no fundo de seus olhos. O caçador estava sempre *lá*. Ele não podia morrer. Simplesmente não podia.

Felizmente a madrugada ia alta e todos deviam estar dormindo. Eles enfim chegaram aos aposentos dela e, lá dentro, ela trancou a porta.

— Eu não devia estar aqui — murmurou ele.

— Cale a boca — disse ela. — E tire a camisa.

Ele deu um meio sorriso para ela e ergueu uma sobrancelha.

— Você pode não ter minha melhor performance, mas estou disposto a tentar.

— Faça logo o que estou mandando. — Ela lhe lançou um olhar raivoso, mas por dentro seu coração saltava. Pelo menos ele não estava morrendo. Talvez muito ferido, mas não morrendo.

Encheu uma caçarola com água da jarra grande sobre a mesa e a pendurou sobre o fogo da lareira para esquentar, antes de diminuir as luzes e ir discretamente ao quarto de Rose.

Rose rolou e murmurou algo, mas não acordou, e Cinderela examinou suas gavetas o mais silenciosamente possível até encontrar a caixa de ataduras e remédios que ela sabia que Rose teria, exatamente como sempre tivera na casa velha para toda vez que Cinderela caía ou arranhava o joelho ou batia a cabeça enquanto brincava. Agradeceu a irmã de criação em silêncio, voltou sem fazer barulho para seu quarto e fechou a porta ao passar.

Deixou as luzes fracas caso passassem por baixo da porta e entrassem no quarto de Rose não a acordassem, e pegou a água morna. O caçador tinha soltado a camisa imunda do corpo e ela viu o corte que havia no lado de seu corpo, com a pele aberta e a carne exposta. Felizmente, não parecia muito profundo. Ela pegou uma toalha macia na mesa, a umedeceu na água e começou a limpar o sangue de seu peito com cuidado. A pele dele era bronzeada, e os músculos de sua barriga se retorciam quando a toalha o tocava. O peito do príncipe era pálido e liso. O do caçador era bronzeado e cheio de cicatrizes, e pelos encaracolados se espalhavam sobre seu esterno. Ela se perguntou qual seria a sensação de passar os dedos por eles e sentir os músculos fortes por baixo, e engoliu em seco sem querer ao sentir o corpo ser tomado por um calor que nada tinha a ver com fogo. Ela podia sentir que ele a observava enquanto lavava as bordas de seu ferimento. De repente, a atmosfera entre os dois ficou elétrica.

— O que aconteceu? — perguntou ela, desesperada para quebrar o clima. Ela meteu os dedos no pote de unguento e passou sobre o corte comprido. A pele dele era quente sob seu toque, e ele gemeu e xingou baixinho.

— Deixe de ser criança — disse ela e lhe sorriu de onde estava no chão, e pela primeira vez percebeu que ele era muito bonito. Ela não sabia o que sentia por ele, por aquele estranho. Às vezes, ela tinha certeza de que praticamente não gostava dele, mas apesar disso seu coração batia tão depressa que ela achava que ia pular fora de seu peito. Sua pele se arrepiou com a vontade de sentir as mãos dele sobre ela. — Conte o que aconteceu — disse ela outra vez enquanto limpava as mãos.

— Não importa. — O caçador apertou um pedaço dobrado de tecido sobre o ferimento e segurou a ponta da atadura sobre a barriga. Ela passou o resto da bandagem por suas costas e envolveu todo o seu corpo e a ferida em um curativo. — O que interessa é que seu amigo está salvo. Ele está na floresta.

— Buttons? — Cinderela ergueu os olhos. — Mas como... — O interrogado se encolheu quando ela pensou no rasgo no lado de seu torso. Não tinha sido feito por uma faca ou uma espada, as bordas eram muito irregulares. Já uma garra...

— *Você* lutou com o troll? — Ela se levantou e o encarou enquanto ele prendia a ponta que sobrara da atadura e ficava de pé.

— Infelizmente, eu não o matei.

— Mas eu não entendo. Como você conseguiu passar pelos guardas. Como você...

— Não importa — respondeu.

Ele se levantou, e eles estavam tão perto que o decote de seu vestido quase roçava sua pele nua.

— Você o salvou? — disse ela. Ela perdeu o fôlego. Não conseguiu evitar. Sentiu o mesmo que sentira na varanda do Baile da Noiva Real, mas dessa vez não havia sapatinhos mágicos para estimular a paixão.

— Você queria que eu fizesse isso — respondeu com voz levemente hesitante, e, como seus olhos não desgrudavam do rosto dela, Cinderela soube que ele sentia a mesma paixão. Ele se aproximou mais dela. Pôs a mão em sua nuca, e o toque dos dedos rústicos transmitiam fagulhas por todo o seu corpo, e ele os entrelaçou em seus cabelos. O homem a girou tão rapidamente que assustou. Os dois estavam de frente para o grande espelho ornamentado que ocupava quase toda a altura da parede.

— Quero ver você — sussurrou ao pé do ouvido dela. Ele a apertou com força contra seu corpo e teve certeza de que, se a soltasse, as pernas dela iam ceder. — Quero que *você* se veja. Veja a mulher que é. Cruzaram os olhares no espelho, e ele baixou a boca e roçou os lábios em seu pescoço enquanto a outra mão desfazia os laços na frente de seu vestido. Ela gemeu e a cabeça se inclinou para o lado enquanto ele respirava sobre ela, mal a tocando com os lábios e a língua, enquanto seus dedos habilidosos procuraram seu mamilo e o provocaram, sem que os olhos escuros dele deixassem de ver as reações dela detrás do capuz de seus cabelos escuros e macios. Ela se apertou contra ele, sentindo a dureza ali, e ela levou a mão naquela direção para tocá-lo. Ele segurou seu pulso com firmeza e a deteve com um sorriso para seu reflexo.

— Devagar, princesa — sussurrou.

— Quero que me beije — disse ela, soltando-se de seu abraço e girando para ficar de frente para ele. O vestido dela estava aberto e caindo, e ele ficou um momento olhando para ela e então a empurrou outra vez contra o espelho. Ela o abraçou pela cintura e passou os dedos por suas vértebras nuas. Podia sentir o tecido cheio de cicatrizes rompendo a maciez de sua pele e o estômago dela ansiava por mais. Aquilo não era um príncipe mimado. Ali estava um homem que tinha lutado contra um monstro só porque ela tinha pedido. Ele passou a mão em um de seus seios e dali para o pescoço, prendendo-a com firmeza contra o vidro. Os lábios dos dois se moviam tão de perto, que ela podia sentir o calor de seu hálito e a força de sua mão, e ela achou que ia explodir. Cinderela agarrou as costas dele e sentiu a pele estranha da cicatriz comprida que havia ali aumentar sua paixão, e então, de repente, sua cabeça foi tomada pela imagem de pelos marrons. E um focinho que vivia se remexendo.

Tecido de cicatriz. Nas costas. O troll.

Oh, não. Oh, não, não podia ser, podia?

— Espere, só um minuto. — Quando seus lábios estavam prestes a se tocar, ela o empurrou e o afastou, e a pressão de sua mão tocou o curativo com força o bastante para ele gemer baixo e recuar.

— O que foi? Qual o problema?

Enquanto assimilava a verdade, ela não conseguia tirar os olhos dele.

— Você tem uma cicatriz nas costas.

— E daí?

— Exatamente como o ratinho. O mesmo que você insistiu que eu entregasse a Buttons. — Não podia ser verdade, podia? Mas o ratinho sempre tinha sido tão estranho. Primeiro seguia Buttons, depois, a ela. Que tipo de ratinho do campo fazia isso? Ela apontou um dedo trêmulo para ele. — Você é o camundongo, não é? Foi assim que pegou o troll.

Ele a encarou e em seguida deu de ombros.

— Ela me amaldiçoou. Então, quando precisa de mim, suspende parcialmente o feitiço. Homem à noite, rato de dia.

— A fada madrinha? — Os olhos de Cinderela se arregalaram.

— Se você quiser chamá-la assim... Ela é uma rainha, e pode ser uma vaca muito má.

— Mas por quê? Quero dizer... O que você fez? E... — A cabeça dela estava cheia de perguntas que foram abruptamente destroçadas pelo peso repentino de suas memórias. — Meu Deus — expirou, de repente quase incapaz de respirar com o horror da situação. — Você me viu nua, me viu no banho. — Os olhos dela se arregalaram. — Botei você no meu decote! — Ela o olhou fixamente. — Seu canalha.

Ela se virou e cobriu a boca quando se lembrou de outra pessoa. Buttons. O ratinho estava lá quando Buttons...

— Minha cozinha. — Você *viu*... você assistiu...

— O que eu devia fazer? — disse ele, com um início de sorriso cintilando em seus olhos.

— Fechar os olhos, pelo menos? Sair correndo?

— Sou um homem de sangue quente — sorriu com uma expressão marota e revoltantemente bela. — Para ser justo, dentro de seu vestido estava escuro demais para ver qualquer coisa. No entanto, o banho e Buttons, bem... foram fantásticos... o que eu podia fazer?

Ela emitiu um som que era meio um gritinho e um grunhido e deu um tapa forte em sua cara. Ele era inacreditável! Como ela podia sequer ter pensado em beijá-lo? Será que havia esquecido quanto ele a irritava? Ela correu até a porta e a destrancou com mãos trêmulas.

— Vá embora — disse ela. — E me consiga o outro sapatinho de volta com aquela bruxa.

— Para que você quer o sapatinho? — Ele franziu levemente o cenho.

— Apenas o consiga para mim. Então ela poderá ter seu prêmio e nós dois poderemos ser livres das artimanhas daquela mulher. — Ela olhou com raiva para ele. — E um do outro.

— Está bem. — Ele caminhou na direção dela com a boca fechada e os dentes cerrados. Ela não sabia ao certo se de dor, raiva ou paixão, e não se importava. Ele era impossível. Era um grosseirão. Em que ela estava pensando? Ela quase o havia beijado! Ele parou à porta diante dela, e o coração de Cinderela se acelerou outra vez mesmo contra sua vontade. — Se é isso o que você quer — disse ele. — Da próxima vez que quiser salvar alguém de um troll, faça isso sozinha.

Ela o empurrou pela porta e a trancou de novo. Sua respiração estava alta e cheia de raiva antes de se jogar na cama como fazia na adolescência. Queria chorar de vergonha. Como ele podia ter ficado sentado do lado da banheira vendo-a fazer *aquilo*? Ele devia estar rindo dela. Meu Deus, como ela tinha sido burra. Ela socou o travesseiro e então afundou o rosto nele. Ela o odiava. Odiava muito, muito mesmo.

CAPÍTULO 10

Ela podia acabar com aquilo de uma vez por todas

Ela tinha coberto os espelhos. Pelo menos uma vez precisava de silêncio completo para poder pensar. Não havia, também, nada para ver. Gelo negro, neve derretida e lama tomavam as estradas. Havia apenas alguns poucos comerciantes àquela hora tão cedo a caminho do trabalho; padeiros e açougueiros determinados a fazer qualquer negócio que conseguissem. Ela precisava acabar logo com aquele feitiço de inverno, mas ele vinha de um lugar de sua alma que tinha vida própria e era difícil controlar. As pessoas, porém, iam precisar comer, e só havia o pouco minério que os anões exaustos podiam extrair para trocar por grão. O reino, o seu reino, precisava voltar a crescer, e era ela quem tinha de fazer isso acontecer. Contudo, se não conseguia derreter o gelo em seu interior, como iria conseguir salvar seu reino?

Talvez, porém, as coisas mudassem logo. Quem sabe já estivessem até mudando? Lá fora, o céu começava a mudar de preto a azul, com toques de roxo, quando o amanhecer tocava o horizonte. Pela primeira vez não havia nuvens pesadas se acumulando no início de um novo dia, como se as vibrações de excitação que ela sentira as tivessem varrido para longe. Ela bebeu mais vinho e ficou olhando para o nada. Sabia que devia se preparar e estar forte para a decepção, mas não podia evitar o calor no fundo de seu estômago. Seu coração batia com força contra suas costelas. Estava fazendo isso havia horas, desde que o caçador chegara, congelado e exausto, e pedira o sapatinho. Ele tinha sido ferido, mas não queria dizer como, e recusou a ajuda de seus médicos. O ferimento já tinha sido bem tratado, disse ele. Por mãos melhores do que qualquer coisa que ela pudesse oferecer. Ela não discutiu com ele. Seria preciso mais do que uma ferida superficial para matar o caçador.

O sapatinho.

A garota queria o sapatinho.

Lilith tinha congelado ao ouvir isso, e por um momento os criados do castelo tremeram sem querer como se alguém tivesse pisado em seus túmulos. O caçador disse que Cinderela não havia contado a ele quais eram seus planos, mas que ela havia encontrado um quarto secreto e que o príncipe tinha a chave dele. Ela sorriu ao ouvir isso. Não demorou muito para a garota perceber que, se está à procura de alguma coisa escondida, é melhor procurar primeiro entre as pessoas que estão escondendo alguma coisa. Parecia que seu príncipe encantado não conseguira ficar apaixonado por ela durante muito tempo.

Ela deu o sapatinho ao caçador e retirou a maldição por tempo suficiente para que voltasse até lá com ele. Tinha 24 horas como homem, depois voltaria a ser um camundongo para sempre. Isso, porém, era problema dele, não dela.

Os minutos se passavam devagar. Ela se perguntava aonde ele já havia chegado em sua viagem e o que aconteceria quando desse a Cinderela o sapatinho e ela entrasse no quarto trancado. Ela se perguntava principalmente se poderia ser mesmo aquilo, o fim de sua longa busca. Irrequieta, ficou de pé e foi até a antecâmara mais quente onde estavam dispostos todos os seus tesouros. Ela esperava o conforto que eles normalmente lhe proporcionavam, mas nada sentiu. No canto mais distante a porta do armário se abriu um pouco.

— Sem dúvida ela é a mais bela em toda a Terra...

Ela não se deu o trabalho de calar a boca daquela coisa. Não adiantava. Em vez disso, pousou a taça de vinho e caminhou com mais decisão do que em muito tempo até as escadas que desciam ao coração do castelo. Ia esperar por eles nos limites do reino. Dependendo do resultado, seria mais seguro assim, e já era hora de ela sair para o mundo. E se a garota do caçador tivesse mesmo encontrado o prêmio depois desse tempo todo, então ela podia acabar com aquilo de uma vez por todas.

Fazia um frio cortante, mas pela primeira vez em muito tempo o sol brilhou sobre o reino naquele dia, e a rainha impiedosa cavalgou para a floresta.

CAPÍTULO 11

Eu posso cuidar de mim mesma...

No fim da tarde, Cinderela tinha acabado de refazer os passos da noite anterior deixando pequenas marcas nas paredes com um pedaço de giz a intervalos regulares, para garantir que mais tarde não entrasse no corredor errado, quando esbarrou com Rose no corredor ao pé da escada.

— Procurei você em toda parte — disse Rose, de cara fechada. — Você não almoçou com papai e mamãe. Eles estão preocupados com você. — A bengala de madeira que ela estava usando tinha sido substituída por uma mais fina de prata, mas ela mal se apoiava nela. O rei tinha chamado os melhores sapateiros do reino que se esmeraram e trabalharam muito para lhe fazer sapatos lindos e que a ajudassem a se equilibrar. Isso não fazia com que Cinderela dei xasse de se sentir culpada sempre que a via. Se ela não fosse tão egoísta e estúpida, talvez fosse Rose quem estivesse se preparando para um casamento real, sua família estaria financeiramente segura, e ela seria livre.

— Sinto muito — disse ela, tentando não chamar a atenção de Rose para a escada. — Esqueci. Como eles estão?

— Estão bem. Surpreendentemente bem. Acho que o que aconteceu com meu pé... fez mamãe cair um pouco mais na real. — Ela sorriu — Não me entenda mal. Ela está feliz por ter voltado à corte, mas acho que está mais animada com o fato de papai estar reabrindo o jornal.

Cinderela deu um sorriso distraído, mas sua mente já estava correndo na frente. A que horas o caçador voltaria? Será que traria o sapatinho? Cada vez mais, porém, seus pensamentos se enchiam de vontade de saber o que o príncipe escondia por trás daquela porta trancada.

— Oh — disse ela, com a voz baixando para um sussurro. — Acho que Buttons está em segurança. Ele está na floresta.

— Como você sabe? — Os olhos de Rose se arregalaram. — Tem certeza?

— Tenho, meu amigo me contou. — E que amigo, pensou Cinderela. Ela ainda morria de vergonha quando se lembrava do que fizera tão abertamente na frente dele. Só podia esperar que aquele ratinho não tivesse uma visão muito boa. Ela estava de saída, pois sabia que, quaisquer que fossem os segredos em que estivesse envolvida, ainda tinha um professor à sua espera na sala de música determinado a extrair uma melodia delicada de seus dedos, o que estava se revelando um enorme desafio. Depois disso, haveria aula de declamação de poesia. As duas coisas, ela descobriu, a faziam chorar de tédio. Ser uma mulher da nobreza não era exatamente a vida de amor e risos com a qual ela tinha fantasiado.

— Cinderela — chamou Rose às suas costas, e ela parou e se virou.

— O que foi?

— O que está acontecendo? Sei que esse planejamento todo do casamento deve ser uma loucura para você, mas o que você está me escondendo? — Rose estava com uma das mãos no quadril do vestido púrpura. — Fui ao seu quarto atrás de você e vi sangue no tapete. E você mexeu na minha caixa de primeiros socorros.

— Nunca entre no meu quarto! — reclamou Cinderela. Sua pele queimava. Ela nem tinha verificado os tapetes para ver se havia gotas do sangue do caçador, ficara com raiva demais dele para pensar de maneira tão prática. Ela ia precisar achar tempo para limpar aquilo. As criadas não diriam nada, mas não era bom confiar demais.

— Eu só estou preocupada — Rose encolheu-se um pouco. — Só isso.

— Desculpe — disse Cinderela. Ela não queria aborrecer Rose. Ela já lhe causara problemas demais que nunca conseguiria reparar. — Eu não quis ser tão dura. Estou bem. Estou mesmo.

Rose não disse nada, mas ainda parecia desconfiada. Cinderela se virou e seguiu apressada pelo corredor antes que viessem mais perguntas. Não queria mentir, não se não fosse preciso, mas também não queria envolver Rose. Isso era problema dela, e ela ia fazer o que fosse necessário para entrar naquele quarto. Ia se casar com ele de qualquer jeito, então em algum momento teria de fazê-lo, e não havia muito tempo ela era desesperada para ficar sozinha com ele. Mesmo assim, seu estômago se retorceu de nervosismo. Tudo soava bem na teoria, mas como seria na prática? Ela afastou a preocupação da cabeça. Se o caçador não voltasse com o sapatinho, então no fim aquilo não ia dar em nada.

Enquanto se vestia para o jantar ele chegou. Tinha penteado os cabelos como os usara no Baile da Noiva Real e estava com o rosto empoado e pintado. Estava se perfumando quando bateram à porta. Ela vestiu um robe e a abriu. Lá estava ele. Sentiu o rosto esquentar e o coração se acelerar. Ela empinou o nariz. Não tinha nada de que se envergonhar. Era ele quem devia ficar embaraçado.

— Onde conseguiu isso? — perguntou ela, olhando para o uniforme de criado que ele estava usando.

— Não precisa se preocupar. Ninguém se machucou — disse ele ao entrar. — Os homens nas tavernas, porém, deviam tomar mais cuidado com o lugar onde deixam o uniforme ao se distrair com um corpo quente.

— Você trouxe? — perguntou ela.

Ele ergueu um saquinho marrom e fez uma expressão de dor. Claramente, seu ferimento ainda doía muito, e ela sentiu um pouco de pena. — Por que não se senta? — Ela gesticulou com a cabeça na direção da cadeira. Ele obedeceu, e Cinderela abriu a bolsa e tirou o sapatinho de diamante.

— Parece que você está se preparando para ir à guerra — disse ele enquanto seus olhos a examinavam.

— Guerra?

— Toda essa pintura de guerra.

— Você está tentando me ofender? — Sentiu a raiva brotar novamente em seu estômago. Por que ela o achava tão intrigante? Tinha arriscado a vida para salvar Buttons porque ela havia lhe pedido e ao mesmo tempo podia ser tão insuportável. Ela sempre se sentia completamente desconfortável sob os olhos dele. Por que isso acontecia?

— Não, você está linda — disse ele. — Só estou curioso sobre todo esse esforço para o jantar. E sobre o que vai fazer com esse sapatinho.

Cinderela estava sentada à penteadeira de costas para ele. Era simplesmente mais fácil assim.

— Sei onde está o outro pé — disse ela, prendendo uma gargantilha de diamantes em torno do pescoço. — E preciso conseguir a chave.

— Que ele guarda em uma corrente embaixo da camisa — disse secamente o caçador.

As costas de Cinderela se aprumaram de leve.

— Isso mesmo.

Os dois ficaram um bom tempo em silêncio.

— Entendo — disse ele.

— Vou esperar até que ele durma e vou roubá-la. Podemos pegar o que quer que ele esconda lá dentro e terminamos. — Ela passou por cima de quase todo o seu plano. Por que de repente ela se sentiu estranha? E, se fosse honesta consigo mesma, com mais do que apenas um pouco de medo?

— Você então já sabe tudo o que vai fazer — disse o caçador.

Ela engoliu em seco.

— Enfim, é melhor partir. Eu preciso me vestir.

Atrás dela, ele se levantou.

— Por que se dar o trabalho? — perguntou ele. — Roupas não parecem ser parte do seu plano.

As palavras dele a atingiram, mas ela não se virou enquanto ele mancou até a porta.

— Enquanto você souber o que está fazendo, — disse ele — não é da minha conta.

— Eu posso cuidar de mim mesma — respondeu depressa. Lágrimas começaram a brotar de repente no fundo de seus olhos. De que outra forma ele esperava que ela conseguisse a chave do príncipe e depois a devolvesse sem que ele notasse? E ele era seu futuro marido. Aquilo nem seria direito... bem, não seria igual às coisas que as garotas das tavernas faziam, garotas com as quais o caçador com certeza passava todo o seu tempo.

— Se você diz, eu acredito — disse ele, então saiu, fechou a porta e desapareceu. Cinderela ficou olhando para seu reflexo e seu corpo inteiro tremeu por vários minutos: raiva, infelicidade e mais alguma coisa que ela não sabia bem o que era, tudo girando dentro dela numa tempestade de emoções.

Pintura de guerra. Talvez fosse mesmo. Ela com certeza não reconhecia a mulher que olhava de volta para ela do espelho. Uma dama da corte com cabelo penteado e cheio de fixador e o rosto pintado. Quase uma máscara, pensou. Talvez fosse melhor pensar em si mesma como outra pessoa por aquela noite. Podia funcionar melhor assim. Ela tirou o robe e vestiu um longo vestido verde cuja barra arrastava no chão. Era perfeito para disfarçar o par de sapatos diferentes que estava usando.

O sapatinho quente se encaixou perfeitamente, como ela esperava, e no outro pé ela calçou outro com salto parecido. Estava pronta. Seu coração batia acelerado no peito. Agora não havia mais volta.

Apesar de estar usando apenas um sapatinho mágico, ela pôde perceber o efeito durante o jantar. Em vez de simplesmente lhe lançar um olhar entediado antes de se sentar, o príncipe franziu levemente o cenho e então sorriu antes de fazer a volta até seu lado da mesa e puxar a cadeira para que ela se sentasse.

— Obrigada — disse ela.

Ele se inclinou e falou suavemente ao seu ouvido, com o hálito fazendo cócegas em sua nuca.

— Você está linda esta noite.

Ela sorriu e, quando ele se sentou, Cinderela ergueu a taça para brindar, mas apenas bebericou da sua bebida, apesar de desejar a coragem proporcionada pelo vinho. Ela precisava ficar alerta até bem mais tarde. O príncipe, entretanto, bebeu a dele.

Durante toda a refeição ele conversou com ela, atento a cada um de seus desejos, interessado em suas aulas de música e contando sobre sua empolgação pela proximidade do dia do casamento. Era toda a conversa que Cinderela desejava ouvir na primeira vez em que foi ao castelo, mas agora, de algum modo, apesar de sorrir nos momentos certos, ela se entediava. *Ele* a entediava. Ela pensou no retrato que tinha na sua parede na casa velha, em como sonhara em conhecer o belo príncipe e se apaixonar, e agora, enquanto ele falava da caçada e de seus amigos e dos vários bailes que estavam sendo organizados em homenagem a eles, percebeu que a personalidade dele tinha mais ou menos a mesma profundidade do retrato.

O rei e a rainha sorriam em aprovação, mesmo que com certa surpresa, ao ver o envolvimento de seu filho com a noiva mal escolhida. E quando a refeição finalmente terminou, o rei sugeriu que talvez o príncipe devesse acompanhar Cinderela até seus aposentos. O príncipe não discutiu, e o jovem casal deixou a sala de jantar de braços dados.

— Eu estava curiosa, sua alteza... — começou Cinderela. Seu coração batia tão rápido no peito que ela estava certa de que o príncipe podia ouvi-lo. — Por acaso ainda tem meu outro sapatinho do baile? Eu queria usá-lo com um vestido novo.

— É claro que tenho — disse ele olhando para baixo e sorrindo para ela. — Está em meus aposentos. Podemos ir lá agora, se você quiser.

O estômago dela quase saiu pela boca enquanto ela concordava com a ideia. Agora não havia mais volta. Por que ficou tão nervosa de repente? Ele era bonito. Ela o desejara por muito tempo. Talvez quando calçasse o outro sapatinho, toda a paixão que ela sentiu no baile voltasse. Talvez se ela *ficasse o tempo todo* com os sapatos, ele a amasse para sempre e ela fosse feliz para sempre com um marido que a adorasse. Era um pensamento vazio. Quem quer, na verdade, um amor encantado? Ela não queria, nem antes do baile. Ela apenas supunha que eles iam se apaixonar se tivessem a oportunidade, como se o amor fosse algo fácil e não precisasse de nada além de um rostinho bonito e de uma grande vontade de amar. Ela se deu conta de que não sentia nada por ele e, de certa forma, isso era pior do que se ela o odiasse.

Seus saltos diferentes foram batendo pelo corredor por baixo do vestido na direção dos aposentos dele. O braço dele a puxou para perto de seu corpo num raro gesto de carinho. Ele estava falando ternamente com ela sobre o futuro, mas isso era abafado pelo zunido do sangue correndo e das batidas de seu coração.

Um lacaio de costas para eles estava lustrando os braços de prata de uma cadeira decorativa ao lado da porta dos aposentos do príncipe, e ela sentiu uma vontade louca de conversar com ele, nem que fosse só para atrasar sua entrada. Em vez disso, mordeu o interior da boca. Não havia sentido atrasar nada. Ela precisava conseguir a chave e descobrir o que havia naquele quarto. Protelações agora não poderiam evitar o inevitável. Pelo menos o príncipe estava um pouco alto de vinho e, se tudo corresse bem, logo estaria dormindo.

Ela respirou fundo e se aprumou. Ela não era mais uma garota tola. Era uma mulher, e estava na hora de começar a se comportar como uma. Ela tinha se metido naquilo, era sua responsabilidade resolver a situação.

O efeito foi quase instantâneo. Ele pegou o outro sapatinho do alto do armário e, assim que ela o calçou no outro pé, viu a mudança em sua expressão. As luzes estavam fracas no quarto, e os olhos dele brilharam ao olhar para ela.

— Como eu podia ter me esquecido da sua beleza? — disse com voz suave, mais para si mesmo que para ela enquanto caminhava em sua direção. O coração dela bateu mais forte quando a mão dele a tomou pela cintura e a apertou. Ela quase não conseguia respirar. Ergueu uma das mãos e a pôs sobre o braço dele. Era musculoso e firme, e seu peito era largo e forte. Ele cheirava a uma colônia leve e a calor corporal. O colarinho de sua camisa branca estava desabotoado, e a faixa de pele que ela via era pálida e sem pelos. De repente, ela teve vontade de chorar.

— Oh, Cinderela — sussurrou ele enquanto acariciava seus cabelos com uma das mãos e puxava sua cabeça para trás, exatamente como o caçador tinha feito, mas dessa vez ela não sentiu nada. Seus lábios desceram até os dela e ele a beijou, no início com delicadeza, depois, quando ela sentiu que ele se excitava e se apertava contra seu corpo, com mais urgência.

A coluna dela se enrijeceu. Ela esperou a onda de paixão que tinha sentido antes, mas ela não veio. Em vez disso, começou a se contorcer em seus braços, tentando mover a cabeça e escapar do abraço. Ele a apertou com mais força, confundindo seus movimentos com excitação. Ele arfava e estava perdido em sua luxúria.

— Não, veja... — ela começou a dizer quando ele parou de beijá-la para tomar ar, mas logo sua boca estava grudada na dela outra vez, e uma de suas mãos puxava os laços de seu vestido enquanto ele a virava de costas e os conduzia para a cama.

— Não, nós não devíamos... eu não...

Ele não ouvia o que ela dizia enquanto a empurrava de costas e começava a abrir as calças. Falava num murmúrio rouco, sem dúvida palavras doces e vazias, mas Cinderela não queria ouvi-las. Ela não ligava mais para a chave ou o quarto lá em cima, ela só queria escapar de seu abraço, para poder sair correndo e não parar mais. Ela tentou empurrá-lo, mas ele agarrou seus braços e os puxou para baixo com uma das mãos enquanto a boca descia do pescoço para os seios. A outra mão entrou por baixo do vestido, e ele gemeu quando os dedos subiram por suas pernas.

— Não, por favor, pare... — insistiu Cinderela, consciente de que os soluços estavam começando a fazê-la engasgar. Não era isso o que ela queria. Não era assim que ela achou que seria. Ela tentou desesperadamente se livrar dos sapatinhos encantados, mas eles estavam bem presos a seus pés. Ela fechou os olhos e tentou se fechar em si mesma enquanto seu corpo continuava a lutar contra ele. A mão dele subiu mais e mais, levantando sua saia e...

... então o peso dele desapareceu, quando alguém o arrancou da cama com um grunhido, e o príncipe soltou um grito de surpresa. Cinderela olhou para cima, zonza, com a visão ainda embaralhada.

— Como ousa?! — rosnou o príncipe para o criado quando estavam um de frente para o outro ao pé da cama.

O criado o socou com força e jogou o príncipe longe.

— Merda — disse o agressor. Ele fez uma expressão de dor e tocou o lado do corpo, antes de socar outra vez o príncipe, que começava a se recuperar, e o derrubou e o silenciou.

Os olhos de Cinderela se arregalaram. Aquele não era um criado qualquer. Era o caçador. O caçador dela. Ela ficou de pé depressa e sem nem ajeitar o vestido correu até ele e o abraçou pelo pescoço com os dois braços. Ele se desequilibrou um pouco para trás e a envolveu com um braço.

— Obrigada — disse ela olhando para ele. Sua pele era áspera e o corpo tinha o cheiro da floresta, e ela sentiu uma torrente de calor arrepiar todo o seu corpo.

— De nada. — Ele olhou para baixo para ela. — Mas, só para que você saiba, seu plano era horroroso.

— Você! — O príncipe estava de pé. Seu lábio inferior sangrava. — Achei que estivesse morto. — Seu rosto enrubesceu quando a paixão se misturou com raiva.

— Você nunca se deu o trabalho de descobrir — disse o caçador.

Cinderela olhava de um para o outro.

— Vocês se conhecem?

— Isso é história para depois — disse o caçador. Ele sacou uma faca debaixo de sua jaqueta. — E agora acho que vamos pegar essa chave pendurada no seu pescoço.

— Você nunca vai conseguir se safar disso — rosnou o príncipe. Ele olhou para Cinderela. — Minha querida, afaste-se dele. Eu amo você, eu...

— Ah, tire fora a droga desses sapatos, mulher — interrompeu o caçador. — Nunca vamos conseguir que ele raciocine direito até você fazer isso. — Cinderela fez o que ele mandou, e o rosto do príncipe mudou, ficou imediatamente confuso. Ele olhava para ela como se estivesse olhando para uma estranha.

— O que você quer? — perguntou o príncipe. — O que está acontecendo aqui?

— Conte você — disse o caçador. Ele gesticulou com a cabeça para que Cinderela amarrasse as mãos do príncipe às costas. Ela remexeu no armário e encontrou uma gravata de seda cinza e usou aquilo mesmo, fazendo um nó apertado em torno dos pulsos. Então ela mexeu atrás de seu pescoço e soltou a corrente. A chave de ouro pendurada nela brilhava cintilante.

— Peguei — disse ela, sorrindo.

— Você não pode entrar naquele quarto— reclamou o príncipe, com a expressão ficando cada vez mais sombria. — Ninguém sabe o que tem lá dentro. É meu. É particular.

— Ah, eu acho que tenho uma ideia bastante boa — disse o caçador, agarrando o príncipe pelo braço e o segurando bem perto, com a faca apertada abaixo de suas costelas. — E pode até ser particular, mas não pertence a você.

— Você vai enfrentar a Estrada dos Trolls por isso — ameaçou o príncipe. — Você...

Cinderela enfiou um pedaço de flanela na boca dele transformando suas palavras em grunhidos abafados.

— Assim é melhor — disse ela, e então sorriu para o caçador. — Vamos? Ela pegou os sapatinhos de diamantes e foi até a porta. Espiou do lado de fora. O corredor estava vazio.

Com a faca tão firme e tão perto de seus órgãos vitais, o príncipe não resistiu e deixou-se ser conduzido por Cinderela e pelo caçador. Eles passaram discretamente pelos aposentos dela e entraram na área central mais escura e silenciosa do castelo. Logo começaram a subir as frescas escadas em caracol. A lua estava oculta, e os degraus eram apenas fantasmas na escuridão sob seus pés. O coração de Cinderela saltava no peito. Havia tanta coisa que ela não entendia. Como o caçador e o príncipe se conheciam? Quanto o caçador sabia sobre o que estava escondido no quarto, e porque a fada madrinha queria tanto aquilo? E ela se perguntava como escapar de passar a vida casada com o homem desprezível, que agora choramingava por trás do pano na boca e andava com o nariz escorrendo.

Todos os seus questionamentos pararam quando o caçador congelou ao virarem a última curva. Ele levantou a mão e ela parou onde estava. Seus cabelos se arrepiaram quando olhou para o interior daquele aposento negro e embolorado. Ela não precisava perguntar a ele qual era o problema. Ela mesma podia sentir. Eles não estavam sozinhos lá em cima. Ao lado dela, o caçador estava tenso, pronto para saltar em um ataque, e então, das profundezas da escuridão, veio o som delicado de batidas de prata sobre pedra.

— Finalmente. Eu já estava me cansando de esperar você chegar aqui.

— Rose? — disse Cinderela, sem acreditar ao ver a irmã.

— Segui suas marcas. Achei que havia alguma coisa estranha acontecendo, e você podia precisar de minha ajuda. — Ela apoiou a bengala na parede e acendeu o pequeno candeeiro que tinha na mão. Quando o ergueu e projetou uma luz amarela sobre as três figuras a sua frente, ergueu uma sobrancelha. — Eu acertei pelo menos uma parte. Ela fez uma leve reverência. — Sua alteza. — Ela olhou para Cinderela. — Que diabos está acontecendo?

O príncipe estava olhando para ela e seus ruídos abafados de reclamação ficaram mais altos e indignados.

— É uma longa história — disse Cinderela. — Ele tem alguma coisa misteriosa escondida naquele quarto. E nós precisamos disso.

— Vamos. — O caçador empurrou o príncipe para a frente. Vamos resolver isso logo, não é melhor?

Rose segurava a luz no alto, e Cinderela correu para a frente com a chave.

— Tem certeza de que quer fazer isso, irmãzinha? — perguntou Rose. — Você vai ser uma princesa real. Às vezes é preciso olhar para o outro lado.

— Não consigo fazer isso. — Cinderela sacudiu a cabeça. — E também não tenho certeza se vou ser uma princesa real. — Ela se sentiu melhor só por dizer essas palavras em voz alta, como se um peso que a estivesse empurrando com força para baixo, até as fundações do castelo, tivesse sido repentinamente removido de cima dela.

— Ah, Cinders — disse Rose. — Você gosta de tornar a vida difícil. Vamos lá, então. Destranque a porta.

E Cinderela a destrancou.

CAPÍTULO 12

É preciso haver um casamento...

Por um momento, Cinderela perdeu o fôlego. Ela esperava encontrar um quarto tão empoeirado e sujo quanto o resto daquela parte do castelo, mas, ao contrário, tudo brilhava. O chão encerado era decorado com mosaicos de dragões dançando em um céu de verão. No teto, um lustre enorme brilhava, e rubis, esmeraldas e diamantes cintilavam com a luz em seu interior. Cortinas vermelhas pesadas cobriam as janelas, e a mesa no canto estava repleta de garrafas de vinho e uma taça de prata. Havia uma *chaise-longue* dourada e azul do outro lado do aposento, com almofadas combinando no alto e nos pés, como se alguém passasse muito tempo nela e quisesse ficar confortável.

Contudo, era da peça central que ela não conseguia desviar os olhos.

— Eu não tinha ideia do que esperar — disse Rose em voz baixa. — Mas nunca imaginei que pudesse ser algo assim.

O caixão de vidro jazia sobre um estrado no centro do quarto. Em seu interior havia uma bela garota de cabelos escuros perfeitamente imóvel em um vestido rosa. Seu rosto tinha uma tonalidade rósea empoeirada e seus lábios eram vermelho-cereja. Cinderela olhou com atenção o interior do caixão. A garota tinha olhos violeta maravilhosos. Eles olhavam fixamente, vazios e sem expressão para o teto.

— Branca de Neve — disse o caçador. — Eu sabia.

Cinderela olhou para ele.

— Você a conhece?

— Nós... nós nos conhecemos.

— Se conheceram? — Havia algo na voz dele que a fez sentir uma onda de ciúme. — O que quer dizer com *conhecer*?

— Por acaso, a madrasta dela também. — Ele sorriu para ela com os olhos cintilantes e ela se deu conta de que se divertia com sua reação. — Eu estava me sentindo com sorte por estar vivo. E era difícil resistir a elas. — Ele piscou para ela, que quase rosnou de novo, mas engoliu a vontade. Ele *ainda* a estava enfurecendo. Será que o momento que os dois tiveram tinha sido só aquilo mesmo? Apenas mais uma de suas conquistas?

— Você dormiu com ela? — O príncipe cuspiu a bola de pano em sua boca e olhou para ele. — *Você?* — Ele olhou do caçador para Cinderela e de volta para ele. — E ela?

— Ainda não, mas estou trabalhando nisso.

— Não conte com isso — murmurou Cinderela. A garota no caixão era mesmo muito bonita. Quase parecia que ela apenas dormia, mas isso não podia ser possível.

— Se talvez conseguíssemos nos preocupar menos com quem dormiu com quem e nos concentrar no que está acontecendo aqui, acho que poderíamos chegar perto de uma solução — disse Rose, servindo-se de uma taça de vinho. — Acho que isso tem a ver com como conseguiu vestidos que certamente não tinha condições de pagar para ir aos Bailes da Noiva Real.

— Eu fiz esse acordo idiota... — começou Cinderela. — Eu sinto muito, ela me deu os sapatinhos.

— Tem essa rainha — disse o caçador, mais alto que Cinderela. — E depois que ela me abandonou, queria que eu matasse essa garota, o que não fiz, por isso ela me lançou uma maldição, um feitiço, mas agora...

— Eu posso explicar — juntou-se o príncipe à conversa.

— Está bem, basta! — Rose levantou a mão, e Cinderela ficou quieta. Ela se surpreendeu ao ver que o caçador também se calou. Rose sempre era boa quando estava no comando. — Não quero me perder com detalhes. Nem sei se quero saber dos detalhes. — Ela olhou para o príncipe.

— Ela está morta?

— Não — ele sacudiu a cabeça como uma criança levando uma bronca, e Cinderela se perguntou como um dia pôde acreditar que ele era o homem certo para ela. Ele tinha charme e beleza, mas era muito fraco. Ela olhou para a garota na caixa de vidro. E com certeza tinha problemas.

— Ela foi apenas enfeitiçada.

— Apenas — murmurou o caçador.

— E acho que o rei não sabe que ela está aqui, certo? — prosseguiu Rose. O príncipe sacudiu a cabeça.

— Ele não ia entender. Eu não faço nada, só gosto de falar com ela — disse ele, como se fosse a coisa mais normal do mundo. — Ela é tão perfeita desse jeito. Ela escuta. — Ele olhou para Rose como se entre todos ali ela fosse a única que pudesse entendê-lo. — Eu não estava fazendo mal a ninguém. Não até *ele* voltar. — Ele olhou para o caçador. — Vou mandar prendê-lo por isso. A Estrada dos Trolls é boa demais para você. Vou enforcá-lo nas muralhas do castelo e deixá-lo ali para apodrecer! — Sua expressão se contorcera em escárnio e seus olhos estavam frios e feios.

— E eu, de minha parte... — O caçador encostou-se calmamente contra a parede. — Vou contar ao seu pai e a qualquer um disposto a escutar exatamente o que aconteceu com essa *outra* das suas belas mulheres.

Os olhos do príncipe se arregalaram. Cinderela desejou saber sobre o que estavam conversando. Que outra mulher? Outra garota além da que estava aprisionada na caixa de vidro? Olhou para ela outra vez. Quem era aquela Branca de Neve? Ela franziu o cenho quando seus olhos perceberam um brilho dourado.

— Ela está usando uma aliança de casamento — disse ela, de olhos fixos na mão esquerda da garota congelada. — Ela é casada. — A verdade a atingiu como uma lufada de vento invernal, e ela se virou para o príncipe semiboquiaberta. — Ela é sua *esposa*?

— Isso não pode ser — disse o caçador. — Nenhum padre casaria uma garota nessas condições. Não importa quem quisesse... — Sua frase não terminou. — Seu desgraçado — disse ele após uma breve pausa. — Eu sabia que você era mimado e patético, mas isso? — Suas palavras tinham o rugido de todos os predadores da floresta, e, conforme ele avançava, o príncipe recuava e se encolhia, buscando proteção com Rose. — Você se casou depois que ela estava assim?

— Não — disse o príncipe, apesar de, pelo tom de sua voz, Cinderela ter quase certeza de que era algo bem perto disso. — Eu só... ela só... — Os ombros dele se curvaram e qualquer energia que lhe restasse para brigar o deixou em um suspiro profundo. — Eu simplesmente não entendo as mulheres bonitas. Elas trazem tantos... — Ele olhou para o caixão de vidro e, depois, para Cinderela — ... problemas.

— Eu acho que isso cancela nosso noivado — disse Cinderela.

— Mas é preciso haver um casamento! Meu pai vai insistir nisso. Todos os preparativos já foram feitos! Não posso contar a ele sobre isso. Não posso...

— Ninguém vai contar a ele sobre isso. — Rose pôs a mão com delicadeza no braço do príncipe. — Contudo, isso também não pode continuar assim. É hora de deixar o passado para trás. — Ela olhou para o caçador. — Você tem alguém que está esperando essa garota?

Ele assentiu.

— Tenho.

— Eu vou com ele — disse rapidamente Cinderela. — Não quero morar aqui. E quero conhecer essa rainha que mexeu tanto com a nossa vida. E... — Ela fechou a boca. E o quê? O que ela esteve prestes a dizer? Será que não podia imaginar nunca mais ver novamente o caçador? Podia senti-lo olhando para ela e seu rosto enrubesceu.

— Mas é preciso que haja um casamento — murmurou o príncipe. — Tem de haver.

— E vai haver — disse Rose. — Você vai se casar comigo. Eu vou resolver isso tudo, e o reino vai seguir em frente feliz da vida.

— Eu vou me casar com você? — Ele franziu levemente o cenho.

— Serei uma boa rainha — disse ela com firmeza. — Posso guiá-lo durante as partes das tarefas de governar que você achar chatas e aborrecidas. E não vou me importar se tiver amantes, desde que me trate com o respeito que uma rainha merece. — Ela ergueu o rosto até que o olhar dele encontrou o dela. — Pode ser uma boa parceria.

Lentamente, o príncipe balançou a cabeça.

— É — disse ele. — Obrigado.

— Tem certeza? — Cinderela olhou para Rose, apesar de sentir em seu interior o acerto naquele casal. As coisas estavam acontecendo como deveriam ter acontecido se ela não tivesse aparecido naqueles sapatinhos mágicos e estragado tudo.

— Claro — disse sua irmã de criação, sua *irmã*. — Eu explico para mamãe e papai, mas é melhor você manter contato. Venha nos visitar quando as coisas se acalmarem. Ela juntou as mãos e sorriu. — Agora é melhor prepararmos alguma espécie de carroça para vocês. É melhor partirem antes que todo mundo acorde. E você precisa de roupas mais simples. — Ela levantou o queixo e saiu andando, e apoiava-se com muito cuidado sobre a bengala. Para Cinderela, Rose já tinha todo o jeito de rainha. Cinderela remexeu os bolsos do vestido e tirou a última noz que a fada madrinha lhe dera. Fuga, foi o que ela dissera, e Cinderela sabia que aquele era exatamente o momento ao qual ela tinha se referido.

CAPÍTULO 13

É claro que é amor...

Rose estava de uma eficiência incansável e, ao seu lado, o príncipe fazia exatamente o que ela mandava. Selaram cavalos e trouxeram um asno dos estábulos que foi atrelado à carroça.

— Ele parece velho e cansado — murmurou o príncipe. — Mas vai andar com firmeza e por quanto tempo vocês precisarem. — Ele olhou para a garota no caixão de vidro na parte de trás da carroça. — Se ela acordar, vai saber a quem ele pertence. Ele não olhou para Cinderela quando ela jogou do lado uma pequena bolsa com seus pertences, e ela não ligou. Ela não tinha nada para dizer a ele. Nem o caçador, pelo menos parecia. — Não tenho... Não temos muito tempo.

Ela assentiu. Rose se aproximou dela e pôs um saquinho em sua mão. Estava pesado, cheio de moedas.

— Não posso aceitar — protestou Cinderela. — Não depois de tudo. Sinto muito. Você tinha razão. Eu fui mimada. Estúpida.

Rose a puxou e a abraçou com força.

— Não, está tudo como deveria ser. E vai ficar tudo bem. — Ela acariciou o rosto de Cinderela. — Você vai ver. Agora vão embora, antes que eu me emocione.

A lua atravessou as nuvens espessas enquanto eles partiam, e quando Cinderela olhou para trás, Rose ainda estava parada nos portões. Ela ergueu o braço, e Cinderela fez o mesmo, bem antes de quebrar a noz e deixar que a poeira se assentasse sobre ela e o caçador. Ela inspirou, e seu requintado vestido da corte se transformou num vestido verde fosco. Era da cor da floresta, e ela adorou. Quando a irmã sumiu de vista, baixou a cabeça. A cidade não tinha mais nada para ela.

Viajaram em relativo silêncio até chegarem aos limites de uma cidade adormecida no início de uma floresta coberta de neve e que desaparecia sob seus galhos, abraçada pelas árvores. O caçador os conduziu até uma trilha e deu a ela sua jaqueta para que se aquecesse. O amanhecer lentamente começava a clarear o céu, trazendo com ele uma luz estranha que encontrava fendas entre os galhos e recortava formas estranhas ao redor deles. Cinderela percebeu que o caçador estava pálido e trêmulo. Seriam os ferimentos? Ou ele estava prestes a se transformar de novo no pequeno camundongo? Ela tocou seu braço.

— Você está bem? — perguntou.

Ele assentiu, mas seu rosto estava abatido; e os olhos, cheios de tristeza.

— Talvez você tenha de terminar esta jornada sozinha — disse ele e olhou para o céu. Pelos começavam a surgir em seu rosto bonito.

— Bem, só até esta noite — disse Cinderela. — Vou mantê-lo aquecido até que se transforme em homem de novo.

Ele sacudiu a cabeça.

— Acho que dessa vez vai ser diferente. O acordo mudou.

— O que quer dizer com isso? — Cinderela olhou fixamente para ele, que só podia estar brincando. — Ela não pode fazer isso.

— Você trouxe os sapatinhos? Ela vai querer de volta.

— Trouxe. — Cinderela ainda estava olhando fixamente para ele. — Eles estão em minha bolsa. — Ela se lembrou de todas as vezes que tinham rido juntos perto da porta da cozinha. Pensou em como ele a havia salvado do príncipe. Pensou... de repente, ela foi tomada por um pensamento totalmente novo. Os sapatinhos.

— Por que os sapatinhos não funcionaram com você? — disse ela. — Quando você entrou no quarto do príncipe? Eles não o afetaram em nada.

Ele sorriu. Rugas se formaram em torno de seus olhos e ele olhou para ela. Seus cabelos escuros ainda caíam sobre um olho, mas mesmo assim ela podia ver toda a bondade, a força e o calor que havia por trás de seu humor e sua rudeza.

— Eles não funcionaram comigo porque eu sonhava com você antes de conhecê-la — disse com a maior naturalidade. — E não há magia maior que essa. — Ele afastou o olhar e acelerou o passo de seu cavalo.

— Você me ama? — disse ela. — O frio foi esquecido. A cabeça dela estava girando. Amor? Será que era aquilo? Toda aquela irritação? Toda aquela raiva de enfurecer?

Você em uma trilha de terra em uma floresta congelante ao amanhecer. Deixou sua família para trás sem pensar duas vezes.

É claro que é amor.

— Espere — ela chamou por ele, desmontando do cavalo com o coração disparado de felicidade. Ele se virou e olhou para ela. Seus tremores estavam piores. Ele estava se transformando e ela não podia permitir que aquilo acontecesse, não sem contar a ele. Correu até onde estava e ele desmontou da cela, e as pernas quase cederam quando ficou de pé.

— Não veja isso — disse ele. Ele deu uma tosse seca e se dobrou um pouco. — Por favor.

Cinderela tomou o rosto dele nas mãos. Todo o corpo dela se arrepiou só por tocá-lo.

— Eu também amo você — sussurrou ela antes de beijá-lo.

Ela não sabia se era apenas na sua cabeça, mas tinha certeza de que, enquanto ele a abraçava, as estrelas dançavam ao redor deles, e as luzes piscavam num turbilhão de vaga-lumes que aqueciam suas mãos. Ela estava perdida no momento, e ele também.

— O feitiço — disse ele, afastando-se um pouco. — Você acabou com a maldição.

— Não ligo para o que fiz — murmurou Cinderela. — Só me beije de novo.

Seus lábios se encontraram, suas línguas se juntaram e seus corpos se entrelaçaram um no outro. Ele a puxou para o solo da floresta. Por um instante, tomada pela magia do amor verdadeiro, a floresta criou um espaço de calor para eles. O gelo evaporou e a terra os recebeu. Cinderela passou os dedos pelos cabelos escuros dele e dessa vez não houve comparações com os cabelos bonitos e louros do príncipe. Eles eram sem graça. Aquele homem ali era pura paixão e natureza. Arfando enquanto as mãos dele puxavam suas roupas, ela enfiou a mão entre os dois para abrir o cinto dele. Agora, ele não a impediu e puxou o vestido dela por cima, gemendo um pouco quando a mão dela o encontrou. Cinderela empurrou os quadris para cima dele, ansiando para finalmente senti-lo dentro dela, já quente e molhada e cheia de desejo. Haveria tempo para explorar um ao outro depois. Haveria tempo para tudo depois. Naquele momento, só havia a urgência de todo o tesão contido dentro deles. Ele empurrou para dentro dela, que gemeu e o envolveu pela cintura com as pernas, puxando-o ainda mais enquanto se movia, com uma das mãos tocando a aspereza de seu rosto, a outra descendo entre os dois tocando a si mesma. Ela não ligava para princesas e sapatos ou fadas madrinhas e maldições. Essa era toda a magia de que precisavam.

A tarde chegava a seu fim quando alcançaram a fronteira entre os reinos e encontraram a fada madrinha os aguardando. Seus cabelos louros compridos estavam soltos escorridos sobre os ombros, e ela calçava botas de montaria sob o grosso casaco de pele. Uma carruagem esperava pacientemente na estrada a pequena distância.

Ela se virou para Cinderela. Era difícil interpretar sua expressão na escuridão que aumentava.

— Vejo que entendeu que o príncipe não era, afinal de contas, o herói dos seus sonhos. — Ela sorriu, e foi quase um sorriso simpático. — Acho que você tomou a melhor decisão. — Ela deu a volta até a parte de trás da carroça, dando uma paradinha para acariciar o pescoço do burrico.

O sol projetava faixas avermelhadas e róseas que deixavam o céu tingido como se fosse de sangue quando a rainha ou a fada madrinha, ou quem quer que fosse, parou e ficou olhando para a parte de trás da carroça.

— A partir daqui, eu assumo — disse ela.

Com os cabelos soltos emoldurando seus traços felinos pálidos, Cinderela não achava que a mulher se parecia em nada com uma rainha ou uma fada madrinha. Ela parecia uma feiticeira das águas das lendas que sua madrasta costumava ler para ela, contos da época dos dragões. Ela não sabia se devia ficar com medo ou admirada. Provavelmente os dois.

— E vai ser como você disse? — interveio o caçador.

A rainha balançou a cabeça.

— Vamos — murmurou o caçador. — Não tenho mais nada a fazer aqui.

Cinderela pensou em seu caçador amaldiçoado transformando-se em rato. Pensou na garota na caixa de vidro e se perguntou como aquela história ia acabar. Ela, porém, virou o cavalo, e, enquanto os dois se afastavam, deixando a rainha de gelo e a garota congelada para trás, ela decidiu que, no que dependesse dela, aquela história estava terminada. Ela tinha a própria história para viver. Olhou para o belo homem ao seu lado e sorriu, e em seguida esporeou o cavalo e galopou para o interior da mata.

CAPÍTULO 14

Aquilo é um fuso?

Rose tingiu o cabelo de ruivo para o casamento e viu que lhe caía bem, assim como enganar praticamente todo mundo de que o príncipe estava se casando com a mesma garota. Afinal de contas, quem na verdade tinha prestado alguma atenção a Cinderela? As pessoas a haviam visto apenas de longe. E qualquer um da corte que pudesse perceber que havia algo estranho, que a garota na igreja era mais alta e cheinha do que a garota bonita de cabelos cacheados treinada para caminhar e dançar, também sabia muito bem que era melhor ficar com a boca bem fechada. O príncipe estava casado, e isso era tudo o que as pessoas precisavam saber.

Ela estava satisfeita. Nunca tinha desejado o amor como as outras garotas. Para algumas, o amor era necessário para a vida, mantinha o coração pulsando com seus altos e baixos e com o desejo por uma pessoa que as tornasse completas, mas o que ela queria era fazer as coisas do próprio jeito. Melhorar o reino. O príncipe podia ser um bom marido a seu modo, e, à medida que o tempo passava, ela soube que ia tomar a maioria das decisões importantes. Ia funcionar melhor para os dois assim.

Ela olhou pela janela para o pátio lá embaixo, onde as luzes ainda estavam acesas nas árvores e arbustos do labirinto um pouco mais ao longe. Houvera uma neve surpreendente, mas, apesar de estar quase chegando o Ano-Novo, houve clima de primavera nos três dias de festas do casamento real.

Ela notou uma figura parada em um ponto do labirinto. Estava perfeitamente imóvel e vestia um casaco vermelho vivo, e olhava fixamente para a janela do quarto deles como se pudesse vê-la olhando para ele, o que com certeza era impossível. Ela franziu o cenho. Que homem estranho.

— Querido — murmurou ela para o príncipe, que estava trocando de camisa para o jantar com o rei e o alto conselho. — Venha ver isso. Tem um homem no labirinto. — Ela apertou os olhos para tentar ver melhor, com mais detalhe. — O que ele tem nas costas? — Ele estava carregando uma espécie de mochila, mas havia algo se projetando de seu interior. — Aquilo é um fuso, não?

O príncipe chegou perto dela.

— Oh, não — disse ele. — Seu reflexo no vidro ficou pálido, e seus olhos se arregalaram. — Eu não achei que ele pudesse me encontrar.

Rose ficou preocupada e um pouco triste.

— O que você fez?

— Fiz um acordo — disse o príncipe.

Ele ainda estava falando, mas Rose havia parado de escutar. Ela encarou o estranho, que olhava diretamente de volta. Ela se aprumou ao máximo e segurou a mão de seu belo marido.

— Nós vamos cuidar disso, querido — disse ela. — O importante nos acordos, sabe, é que eles sempre podem ser renegociados.

Talvez ela tivesse uma vida de casada mais interessante do que havia imaginado.

— Por que não me conta o que aconteceu?

Epílogo

"O beijo do amor verdadeiro..."

Quando o som dos cascos desapareceu, a rainha subiu na carroça e olhou fixamente para a garota em silêncio por trás do vidro.

— Eu só preciso saber — murmurou ela antes de abrir com cuidado a tampa de vidro.

A floresta estava assustadoramente imóvel e silenciosa em torno delas, como se até os lobos de inverno estivessem prendendo a respiração.

Seu coração se acelerou quando se debruçou sobre a borda de vidro fino e encostou os lábios nos de Branca de Neve. Eles não eram quentes nem macios, e Lilith achou que seu coração podia parar naquele instante de ternura. Ela pensou no armarinho onde seu próprio rosto a encararia de volta do espelho encantado. Pensou nas palavras que ele costumava dizer, atormentando-a com a honestidade de suas verdades mais essenciais, aquelas que ela lutou tanto tempo para negar. Ela as combatera por tanto tempo que confundira amor com ódio.

"Branca de Neve, a mais bela em todas as terras."

E era mesmo. Linda, boa e desejável.

A garota na caixa engasgou. A vida voltava a fluir para seus olhos violeta, e o sol atravessou as nuvens criando um arco-íris acima delas. A rainha se agachou enquanto a garota lentamente se sentou e tentava entender onde estava.

— Eu sinto tanto — disse Lilith por fim. Não eram as palavras adequadas, mas o que mais ela podia dizer? Seu coração batia depressa. Ela tivera sua resposta, que devia ter percebido muito tempo antes.

— Achei que você me odiasse — disse Branca de Neve. — E eu sempre só quis que você me amasse.

Elas ficaram olhando uma para a outra por um bom tempo, e então Branca de Neve estendeu os braços, puxou a rainha para perto dela e a beijou de novo.

Quando, finalmente, se separaram para recuperar o fôlego, elas se sentaram e sorriram, e Lilith pensou na sabedoria das maldições de sua bisavó. O amor verdadeiro era a única magia verdadeira. O caçador conquistara sua felicidade. Assim como ela esperava que tivessem conseguido a delas.

— Vamos para casa — disse ela, levando Branca de Neve pela mão e a ajudando a descer da carroça dos anões.

Aquela beleza de cabelos negros parou e sorriu.

— Você está usando botas de montaria? — Ela abraçou a mulher pela cintura e elas eram uma visão de luz e trevas e inverno derretido ao seu redor.

— Como você me acordou? — disse ela.

— O beijo do verdadeiro amor — respondeu a rainha, e as duas belas mulheres sorriram uma para a outra. — Devíamos ir para casa. Vamos pegar minha bisavó no caminho. Acho que ela tem causado alguns problemas. Ela pode passar uns tempos sem crianças.

— Crianças? — perguntou Branca de Neve.

— Ah, você vai entender quando vir a casa dela — disse a rainha. — Mas provavelmente devo me desculpar antecipadamente por ela.

— Tenho certeza de que vou adorá-la.

E elas se beijaram novamente.

FIM

Leia aqui o primeiro capítulo do livro

Poder

Em breve nas livrarias

CAPÍTULO 1

Ele precisa de uma aventura...

Aquela primavera estava quente, por isso o rei e a rainha tomavam o café da manhã na varanda de seus aposentos particulares, onde podiam aproveitar o ar fresco sem serem perturbados por nenhum tipo de protocolo. O sol estava quente sem queimar, e o céu estava claro sem incomodar os olhos. A única coisa que estragava o momento era o tema da conversa. Era, porém, uma conversa que os dois sabiam que deviam ter tido havia muito tempo.

— Ele precisa crescer — disse ela, bebendo seu chá. — Infelizmente, acho que nós o estragamos.

— É muito difícil não estragar um príncipe — respondeu mal-humorado seu marido, o rei. — Sem dúvida meu pai me estragou. Um príncipe deve se sentir superior. De que outro modo eles vão conseguir se tornar um bom rei algum dia?

A barriga estufada do rei estava querendo sair do grosso camisolão branco, e quando ele foi pegar outro doce, a rainha ficou impressionada ao perceber quanto o tempo havia mudado todos eles. O belo e jovem príncipe com quem ela se casara havia desaparecido, engolido por aquele homem que parecia um urso. Contudo, tinha sido um bom casamento, por mais difícil que tivesse achado as pressões infinitas da realeza, e em geral ele tinha sido um bom marido e um bom rei.

— Mesmo assim — acrescentou ela. — Ele é nosso filho único. Acho que talvez tenhamos sido tolerantes demais.

— Talvez você tenha razão — resmungou. — Em breve ele terá de se casar e começar a própria família. Ele devia comparecer a mais reuniões do conselho, se dedicar mais ao treinamento com os generais para quando precisar liderar o exército. Aprender como funciona o sistema de coleta de impostos do reino, como ele prometeu. — O rei fez uma pausa e franziu o cenho. — Mas, afinal, o que ele faz com o tempo dele?

A conversa não teria começado se eles não tivessem visto o filho único, a esperança do reino, seu belo menino de ouro, subir cambaleando as escadas do palácio com a camisa encharcada de vinho quando sentaram na varanda naquela manhã. Uma conversa rápida com os criados revelou que aquilo havia se tornado uma espécie de hábito: passar noites inteiras em tabernas e casas de má reputação com vários outros jovens de berço nobre, depois passar a maior parte do dia dormindo. De vez em quando, ele acompanhava a cavalo o grupo de caçadores. Na maioria das vezes, porém, não ia.

Tudo aquilo, talvez, fosse esperado de um jovem, mas parecia estar se tornando um estilo, e não podia ser assim. O filho deles um dia seria rei, o que exigiria um grau de seriedade e respeito que naquele momento ele não tinha. A rainha tornou a olhar para o marido. Ele não era mais o homem forte como um touro. O rosto estava avermelhado e com veias saltadas nas bochechas. Estava bem acima do peso. O destino do filho podia estar mais perto do que qualquer um dos dois gostaria de pensar, e apesar de nenhum pai gostar de pensar isso do próprio sangue, a rainha recentemente começara a se preocupar que seu menino talvez não estivesse à altura do desafio.

— Precisamos encontrar uma boa esposa para ele — disse ela. — Alguém de temperamento tranquilo e com cérebro inteligente. — Era mais fácil pensar nas qualidades de uma futura esposa do que discutir os defeitos do príncipe.

— Ele vai querer uma mulher bonita — murmurou o rei e em seguida sorriu para sua rainha. — Eu tive sorte. Encontrei essa criatura realmente especial: uma mulher ao mesmo tempo bonita e inteligente.

A rainha não disse nada, mas compartilhou daquele momento de felicidade com ele, sabendo que o rei também sentia que os dois tinham passado bem seus anos juntos. Sim, ela sofria de dores de cabeça terríveis e várias formas de ansiedade, mas tinha sido uma boa conselheira para ele por trás das portas fechadas de seus aposentos, e quando ele saiu da linha como os reis — os mais estragados de todos os homens — têm o costume de fazer, ela não ligou, sabendo que ele logo estaria de volta à sua cama. Afinal de contas, aquele era um casamento real, e ela experimentara a paixão antes disso, muito tempo atrás. Paixão e...

— Ele precisa de uma aventura — disse ela, pronunciando as palavras antes de refletir bem sobre elas. — Todas essas noites de loucura, elas não fazem bem a ele. O que ele precisa é de uma boa aventura.

— Humm... — disse o rei. — Eu tinha pensado nisso. Mas mandá-lo para fora do reino? Nosso único filho?

— Um rei precisa conhecer o mundo exterior — disse a rainha. — Ele precisa entender como os nove reinos são diferentes, por que estão em guerra. Talvez encontrar um modo de fazer a paz com um inimigo. Ele não pode fazer nada disso aqui.

O rei entendia a sabedoria das palavras da esposa, e em algum lugar nos recessos de sua mente, uma recordação se agitou.

— Meu avô viveu aventuras assim, você sabe. Quando eu era criança, ele me contava histórias de quando visitou uma terra distante e resgatou uma garota de uma torre que escalou pelos cabelos dela.

Os dois riram disso, e os olhos da rainha brilharam.

— Espero que na época ele fosse um homem magro.

— Eu quebraria seu pescoço antes de botar o primeiro pé na parede, não é? — O rei sacudiu a cabeça. — Uma história louca de um velho louco. Mesmo assim, acho que essa ideia de aventura faz sentido.

A rainha observou o marido mergulhar nos próprios pensamentos. Os olhos dele se estreitaram, e ela sabia que devia se calar e não interrompê-lo. Ela havia plantado a semente, e agora ele estava tentando imaginar o melhor tipo de aventura que o filho deveria viver. Uma que fosse importante o suficiente, não perigosa demais, e que pudesse beneficiar o reino. Afinal, no fim das contas, o reino era a única coisa que importava.

Ela bebeu seu chá, recostou-se na cadeira e olhou para as torres bem acima dela e para as inúmeras janelas que reluziam ao refletir a luz brilhante do sol. Sua cabeça estava piedosamente sem dor, e nesse dia não havia compromissos oficiais nem almoços com mulheres nobres aos quais tivesse de comparecer. Passarinhos cantavam nas árvores. Abaixo deles, o burburinho da cidade que despertava ficava cada vez mais alto. Ela estava contente com sua sorte.

— Acho que já sei — disse por fim seu marido. — Acho que descobri a coisa perfeita.

O rei falou com o filho sobre o assunto no jantar. Por ser um rei relativamente sábio, convidou vários nobres influentes e seus filhos para jantar com eles. Um príncipe era tão propenso a se curvar à pressão de seus pares quanto qualquer outro jovem, e agora que o rei e a rainha haviam tomado sua decisão, ele não ia tolerar nenhum argumento do filho contra a tarefa que estava prestes a lhe atribuir.

— Praga? — disse o príncipe depois que o pai tinha começado a falar. — Que tipo de praga?

— Não sei — respondeu o rei. — Pode ser apenas uma lenda. Tudo o que as pessoas sabem é que bem no coração da floresta, aos pés do Monte Ermo, antigamente havia uma cidade muito rica. Um décimo reino. Diz a história que há cerca de um século a cidade foi assolada por uma praga terrível. A floresta, tão rica em magia e tão perto da encosta da montanha, se fechou em torno dela, e as árvores e os espinheiros cresceram tanto e ficaram tão densos que a cidade e todos os seus habitantes ficaram isolados e se perderam para sempre.

— E ninguém procurou por eles? — perguntou o príncipe. A carne de veado permanecia intocada no prato, e o rei ficou satisfeito ao ver que a história captara a atenção do filho. Contudo, o príncipe sempre preferira o romantismo ao pragmatismo.

— Talvez tenham procurado, mas a floresta não permitiu que os encontrassem.

— Mas eles podiam ter aberto caminho até o outro lado e se libertado, não podiam?

— Sim, porém não fizeram isso. O que me leva a acreditar que toda a população morreu rapidamente. — O rei fez uma pausa. — Entretanto, decerto todos os tesouros ainda estão lá. E se a cidade pudesse ser encontrada, seria um acréscimo muito bem-vindo ao nosso reino. Uma descoberta lucrativa, um posto avançado para vigiar nossos inimigos ou um lugar perfeito para realizar negociações de paz entre reis em guerra.

— E o senhor quer encontrá-la? — perguntou o príncipe.

O rei deu um sorriso e tomou um gole de vinho.

— Não, meu filho. Quero que *você* a encontre. Todo príncipe deve sair pelo mundo e viver uma aventura antes de se estabelecer. Essa será a sua.

Vários rapazes em torno da mesa irromperam em conversas empolgadas, e o príncipe, a joia no centro deles, sorriu.

— Então vou encontrá-la para o senhor, pai! Prometo ao senhor que vou encontrá-la!

O caçador estava perdido no sonho quando seu pai o acordou. Era o mesmo sonho que tivera por várias noites, e tinha tanta força que seu eco permanecia com ele durante o dia. Havia uma garota cujos cabelos caíam pelas costas em cachos fartos, vermelhos como folhas de outono. Ela estava correndo pela floresta e ele a perseguia, seguindo os vislumbres de seus cabelos e os ecos de seu riso, mas em nenhum momento conseguia ver seu rosto. Ele corria como quando criança, sem consciência da mudança de forma da floresta ao redor e sem as habilidades de rastreamento que se transformaram em sua segunda natureza quando se tornou homem. A Natureza não importava. Os animais selvagens que viviam ao seu redor não importavam. Ele só conseguia pensar em encontrar a garota que estava sempre tão inalcançavelmente à frente. Sua respiração entrava pelos ouvidos, e o coração batia acelerado.

Ele levantou assustado e sentou, por um instante confuso com o ambiente à sua volta. O pai sorriu para ele.

— A garota de novo?

Ele balançou a cabeça.

— Eu disse a você. Ela é seu verdadeiro amor. Você tem sorte. São poucos os que têm os sonhos. Mas se você tem, então precisa encontrá-la.

— Bem, ela não é da aldeia, isso é certo. — O caçador se espreguiçou e bocejou.

— Isso também é bom. Você já teve a maioria das moças daqui. Ou elas tiveram você.

Eles sorriram um para o outro, bem-humorados, sem problemas em relação às coisas naturais que acontecem entre homens e mulheres nem com relação à frequência com que iam para a cama uns com os outros até serem levados pelos votos do casamento. Tanto homens quanto mulheres eram, afinal, animais, e a vida na floresta podia ser dura. Era preciso ter algum conforto.

— Por que o senhor me acordou? — perguntou o caçador enquanto espantava o sono e vestia a camisa. Além do brilho da tocha do pai, ele podia ver que ainda estava escuro lá fora, e sentia no ar o aroma penetrante da noite fria de primavera. Ainda não havia amanhecido, deviam ser umas duas ou três horas da madrugada.

— Os homens do rei estão procurando você. — O pai levantou a mão. — Não é nenhum problema. Eles vieram em busca do melhor jovem caçador, e os anciãos todos escolheram você.

— Eu *sou* o melhor — murmurou o caçador. — Mas o que eles querem que eu cace?

Ele espiou pela janela e viu vários soldados em uniformes reluzentes montados em cavalos puro-sangue.

— Eles querem que você sirva de babá para o príncipe e o acompanhe em uma viagem até o pé do Monte Ermo.

O caçador ficou preocupado. Ele não tinha tempo para reis ou príncipes. Pelo que escutara em volta de fogueiras durante longas caçadas de inverno, nada de bom vinha da companhia deles.

— Será que ele não sabe se cuidar sozinho? — perguntou.

O pai soltou uma gargalhada.

— Ele é um príncipe. Não é páreo para a floresta. Vai se perder em menos de um dia. Estará faminto em dois...

— ...E devorado em três — concluiu o caçador.

Os cavalos do lado de fora batiam com as patas no chão, sentindo a impaciência de seus cavaleiros.

— Não tenho escolha, tenho? — disse ele, enquanto pegava sua faca, seu machado e a velha bolsa de couro para levar comida e água.

— Não, filho, não tem. O rei decidiu que o filho precisa de uma aventura. — O rosto bronzeado e enrugado do pai parecia uma rocha escarpada sob a luz sombria. — Mas você talvez também precise. — Ele sorriu. — Talvez encontre sua ruiva por aí.

— A garota dos meus sonhos? — disse o caçador de um jeito engraçado.

— Já aconteceram coisas mais estranhas.

— Se eu não morrer antes por causa desse príncipe — disse ele, e então saiu para a noite. Ele não olhou para trás, nem para o pai nem para nenhum outro dos caçadores ou das mulheres que se reuniram em frente a seus pequenos casebres e cabanas para vê-lo partir. Despedidas longas não eram a especialidade deles. Ou ele ia voltar para casa ou não ia. Os caçadores se conheciam bem o suficiente para saber o que era dito com frequência demais pelos outros homens, e saber bem que esses dizeres raramente eram sinceros. Ele montou num cavalo que estava a sua espera e deu um tapinha em seu pescoço. O bicho relinchou quando a natureza reconheceu a si mesma, e então eles partiram e deixaram a aldeia para trás, sob a luz pálida que antecede o amanhecer.

O caçador tinha ido à cidade antes, mas havia apenas visitado os mercados às suas margens. O castelo em seu coração brilhava como um diamante quando o sol atingia as fileiras de janelas reluzentes, mas à distância ele sempre parecera uma ilusão. Estava além de sua compreensão como os homens podiam construir tais edificações, e ele se perguntou quantas pessoas comuns tinham morrido enquanto cortavam, arrastavam e erguiam os milhares de blocos de pedra que formavam sua superfície lisa e perfeita. Ele se perguntou se o rei algum dia já havia se perguntado isso.

Agora que estava parado em frente ao homem, ele duvidou disso. Por mais rude e envelhecido que fosse, o rei tinha olhos frios e duros no rosto gordo.

— Dizem que você é o melhor entre os caçadores — falou o rei enquanto estudava o homem diante dele. — Que ninguém conhece a floresta como você.

— Eu conheço a floresta, isso é verdade — respondeu o caçador. Ele não tinha intenção de ficar falando sobre as próprias habilidades. O rei já havia formado sua opinião, do contrário eles não estariam ali cara a cara. Elogiar a si mesmo era o caminho mais curto da perdição de um homem, e a única razão para fazer isso seria cair nas graças do rei para obter favores pessoais ou ganhos políticos. O caçador não queria nada do rei porque, ao contrário de tantos, a vida com luxos não o atraía. Era algo que não entendia e em que não confiava.

— E você é bom com uma faca? E com um arco?

O caçador deu de ombros.

— Sou um caçador. Essas são minhas ferramentas.

— Você não fala muito — disse o rei, sorrindo enquanto se encostava em seu trono amplo e ornamentado, cravejado de esmeraldas e rubis tão grandes que o caçador quase podia ver seu reflexo neles. — Gosto disso. — Ele esperou um instante como se aguardasse que o caçador respondesse a seu elogio, e então seu sorriso deu lugar à seriedade e ele prosseguiu. — O príncipe é meu único filho. Ele precisa de uma aventura. E também precisa voltar vivo. Ele é meu herdeiro, e o reino precisa dele.

— Vou dar o melhor de mim — disse o caçador. — Entretanto, sou apenas um homem.

— Se você voltar sem ele, as coisas não acabarão bem para você. — Qualquer tentativa de fingir simpatia tinha desaparecido do rosto do rei. — Nem para sua aldeia.

O pai dele, que também tinha uma ou outra aventura na própria bagagem, o havia alertado sobre os modos impiedosos dos ricos e da realeza, e a ameaça do rei não foi nenhuma surpresa.

— Como eu disse, vou dar o melhor de mim, sua majestade. Meu melhor é tudo o que tenho a oferecer.

O rei franziu o cenho por um instante enquanto tentava entender se o caçador estava sendo ignorante, obtuso ou apenas falando diretamente em um lugar no qual toda frase costumava ser carregada de significados obscuros, mas, por fim balançou a cabeça e grunhiu.

— Bom. — Ele passou dedos grossos pelo rosto avermelhado. — O príncipe nunca deve saber sobre esta conversa. Ele sabe que você vai ser seu guia, e que suas habilidades serão necessárias para atravessar a floresta, mas tem de acreditar que é o herói dessa história, entendeu? Seu papel de protegê-lo nunca deve ser mencionado.

O caçador balançou a cabeça. Ele não tinha tempo para heróis nem histórias e contos de amor verdadeiro, apesar dos próprios sonhos.

— Bom — repetiu o rei. — Bom.

O caçador desceu e encontrou o príncipe nos estábulos, onde estava escolhendo os cavalos deles, belos garanhões com músculos que ondulavam sob o couro escuro e lustroso. Os cabelos do príncipe eram tão louros quanto os do caçador eram escuros, e seu sorriso fácil encantava todos à sua volta. Pelo menos ele parecia em forma, pensou o caçador, e eles tinham mais ou menos a mesma idade. Talvez não fosse uma viagem tão ruim. O príncipe apertou a mão dele vigorosamente, em seguida o puxou para junto de si, dando um abraço caloroso e tapinhas nas costas do caçador.

— Partimos com a primeira luz da manhã — disse ele, e depois piscou. — O que nos dá a noite inteira nas tabernas para nos despedirmos desta cidade... e de suas donzelas! Haverá vinho e mulheres para nós, meu novo amigo, antes de partirmos para encontrar um castelo novo para o reino!

O caçador deu um sorriso forçado e ficou muito preocupado. Ele não tinha nada contra vinho e mulheres, especialmente contra mulheres, mas parecia que o príncipe corria o risco de acreditar em seus feitos principescos antes mesmo de realizar algum deles. Isso nunca foi bom. Quando caçadores ficavam convencidos demais, acabavam em muito sangue. O que aconteceria àquele belo príncipe?, ele se perguntou. E o que ele teria de fazer para salvá-lo disso?

Este livro foi impresso pela Prol Gráfica

em papel norbrite plus 66,6 g.